여전할 것인가

역전할 것인가

— · 도준구 지음 · —

# 역전할 것인가

highest

　　대학교를 자퇴하고 10년이 지난 지금까지 쉼 없이 달려
왔다. 예전에는 '학교 때려 치고 이상한 일을' 하는 사람처
럼 보였겠지만, 요즘에 나는 대부분이 인정하는 부자다.
이십 대에 시작한 커머스 사업은 나에게 수십억을 벌게 해
주었다. 그 뿐만이 아니다. 수없이 많은 계정을 보유한 나
는 소위 말해 '디지털 건물주'다. 이러한 수익창출원을 통
해 얼마든지 돈을 벌 수 있는 구조를 만들었다. 이제부턴
아마 '먹고 살 걱정' 따위 하지 않아도 될지 모른다.

이런 삶을 구축하기 전까지 참 많은 일이 있었다. 사업 초기 기반이 안정적으로 다져지지 않았을 때는 투잡 쓰리잡 안 해본 것이 없었다. 한창 사업이 불타나게 잘 될 때는 단 한 번도 놀지 않고 일했다. "이렇게 사는 게 맞나? 제대로 하고 있는 건가?" 막연한 불안에 닥쳤을 때에도 흔들리지 않았다. 반드시 성공할 거라는 확신이 있었기에 무너지지 않았다. 그렇게 부자가 되기 위해 몸과 마음을 다 바쳤다. 이 글을 쓰고 있는 지금, 경제적 자유를 쟁취할 수 있었다고 당당히 밝힐 수 있다.

세상은 나에게 매순간 다양한 방식으로 시련을 주었다. 한창 승승장구할 때는 "이 정도 했으면 좀 쉬어도 괜찮잖아. 좀 놀아."라며 열정을 흔들어 놓았다. 한창 시련에 닥쳤을 때는 "너 따위가 할 수 있을 것 같아?" 같은 말로 마음을 주눅들게 했다. 하지만 그때마다 나는 이 말을 되새겼다. '여전할 것인가. 역전할 것인가.' 지금 이 위치에 안주하면 아무것도 아닌 게 된다면서, 다시 일터로 나갔다. 우울에 빠져 있을 때에도 술 대신, 냉수 한 컵을 들이켰다. 그리곤 업무 책상 앞에 앉았다. 그 결과 현재의 내가 있을 수 있었다. "지금 이대로 물러서면 나는 여전히 가난한 사람이다." 라고 생각하니 물러설 수가 없다. "이것을 내 한계라 인정하지 않겠다." 라고 생각하니 끊임없이 성공하는 사람이 될 수 있다.

부의 추월타선을 타고 있는 지금, 이 책을 읽는 여러분에게 다음과 같은 말을 전한다. 평범한 나도 해냈는데 당신들이라고 못할 이유는 없다. 학교도 집안도 변변치 않은 나도 이만큼 돈을 벌어봤다. 더 재능 있고 시작할 여건도 좋은 당신들이라면 충분히 해낼 수 있다. 21세기 선진국 반열에 든 대한민국에서, 누구나 부자가 될 수 있는 고도성장한 도시에서 돈벌이를 찾아 헤맨다면 충분히 가능한 일이다.

이렇게 말하면 "지랄하네. 말도 안 돼. 성공하니 세상이 아름다워 보이지?"처럼 생각할 수 있을 것이다. 나도 가진 게 없었을 때는 상황 탓, 사회 탓하며 불평불만만 했으니 이해한다. 하지만 원하던 것들을 현실을 부딪히며 이뤄 보

여전할 것인가
역전할 것인가

니 다음과 같이 깨닫게 되었다. "아 정말이구나. 기존의 내 삶은 자기비하에 불과했구나. 정말 불가능한 일은 없구나. 노력하면 뭐든 되는 거였구나." 다시 한번 느낀다.

"여전할 것인가. 역전할 것인가. 가짜 실패에 속지 말고 끊임없이 시도하면 누구든 성공할 수 있다."

이 책 속에는 그렇게 대단하지 않은 사람이 쓴 이야기가 담겨 있다. 평범한 사람이 아등바등 살아서 얻은 성공 노하우가 전부다. 하지만 이 책을 통해 이 메시지만큼은 꼭 전하고 싶다. 평범한 나도 했으니 당신들도 할 수 있다. 10%만 보고 90%의 가능성을 부정하지 마라. 이 책은 그렇게 당신의 인생에 터닝 포인트가 되었으면 한다. 부자가 되기를 간절히 원하는 사람에게, '열정에 기름 붓기'를 원하는 사람에게, 이 책을 바친다. 시련만 가득한 당신들의 인생에 이 책이 하나의 빛나는 기회가 되길 바란다. 이 책을 읽는 모든 사람에게 성공길이 찬란하게 열리길 바란다.

# 목차

## · CHAPTER 1 : 인생을 '역전' 하기까지 ·

## · CHAPTER 2 : 인생은 '실전'이었다 ·

## · CHAPTER 3 : 그간 걸어온 인생을 다시 한번 돌아보다 ·

## · CHAPTER 4 : 인생은 아름다워 ·

# 인생을 '역전' 하기까지

CHAPTER 1

# 간절한 사람이
# 목표를 이룬다

고3이 됐을 때의 기억이 생생하다. 반 배정을 받고 집으로 돌아가는 길에 어머니로부터 전화가 왔다. 아버지의 경제적 실수로 집이 담보로 넘어갔고, 급히 이사를 떠나야 한다는 것이었다. 가뜩이나 수험생이 되었다는 생각에 굉장히 싱숭생숭했는데, 집마저 풍비박산 났다는 생각에 그야말로 멘탈 붕괴가 왔다.

그렇게 우리 가족은 어느 공장지역의 한 냄새나는 빌라의 맨 꼭대기 층에서 살게 됐다. 매일 아침 한 가족이 같은 차

를 타고 등교와 출근을 하고, 주말이면 시끄럽게 싸우는 옆
집의 소음을 견뎌야 했다. 아버지는 그럴 때마다 "집이 아늑
하니 좋지?" 하며 웃으셨지만 속으로 그런 생각을 했다.

"돈이 없으니까 이런 고통을 받는 거겠죠. 저는 커서 그
렇게 정신승리하며 살고 싶지 않습니다. 저는 무슨 일을
하든 돈을 많이 벌어서 성공할 겁니다."

예전엔 진로를 결정할 때 흥미를 중요하게 생각했다. 하
지만 이 사건이 있고 나서부터는 흥미보다는 돈을 버는 방
법에 대해 진지하게 고민을 하기 시작했다. 이를테면 '전문
학교에 진학해 대기업 생산직 근로자로 일하며 편하게 살
것인가. 더 욕심을 내어 우수한 성적으로 학벌 좋은 학교
에 들어가 볼 것인가.' 같은 고민이었다. 이 사건 이후로 나
의 인생관 자체가 바뀌었다. 대학교 진로를 결정하는 일마
저도 무엇을 배우고 싶어서 아니라, 취업과 생존을 연관해
진지하게 고민하기 시작했다.

이처럼 위기 상황에 직면하면 누구나 현실적인 사람이
될 수밖에 없다. 간절함이 사람의 가치관을 바꾸고 불가피

한 결정을 하게 만든다. 당장 나에게 필요한 무언가를 갈구하면서, 생존이라는 목표를 향해 다소 삭막한 계획들이 세워진다. 뭐 그렇다고 썩 슬프진 않았다. 무엇이든 일장일단이 있는 법이다. 정답 없는 인생에서 그것도 이른 시기에, 한 가지 길을 향해 그 누구보다 신속하게 움직일 '가이드라인'이 세워졌다는 건 다른 의미로 복이다. 물론 내 의지와는 상관없는 결정이었지만 그때 나는 예상했다. "적어도 경제적 성공만큼은 또래인 그 누구보다 빠르게 이루겠구나."

그러니까 여기서 내가 하고자 하는 말은 '간절한 사람이 꿈을 이룬다.'라는 것이다. 이 간절함은 정답 없는 세상에서 주어진 과제를 향해 확신을 가지고 그 누구보다 빠르게 갈 원동력을 만들어준다. 경제적 이유에 의해 돈을 벌기 위한 대처방안을 고민하는 것처럼, 반드시 이뤄야 하는 목표를 향해 부단히 달려갈 수밖에 없게 된다. 쓸데없는 여유나 잡생각을 할 시간이 없다. 자아실현도 아닌 단지 생존을 위해서 살아가는 사람만큼 강한 원동력은 또 없는 것이다.

## · 괜찮다. 위기는 곧 기회다. 당당히 걸어가라.

어쩌면 나의 학창시절보다 더한 상황에 처한 사람도 있었을 것이다. 그런 당신에게 더불어 이 말을 전하고 싶다. "많이 힘들었구나. 고생 많았지?" 라고 스스럼없이 안아 주기보다는, "어쩔 수 없잖아. 십대에 가난해진 건 네 잘못이 아니니까 당당해져도 돼." 라며 주눅 든 마음을 치켜세워 주고 싶다. 아울러 "위기는 기회라는 말도 있듯이, 하늘이 준 가장 큰 선물이라 생각하자." 라며 긍정적인 말도 전해 주고 싶다.

또래의 많은 이들이 어떻게 살아야 할지 긴 시간과 에너지를 소모하며, 이십 대 중후반쯤 되어서야 비로소 목표다운 목표를 가지게 되는 경우가 많다. 당신은 이러한 소모적인 과정을 생략할 수 있었다. 의도하지 않았지만 삶의 방향을 분명하게 정할 수 있었으니 하늘이 준 분명한 축복이라 볼 수 있다.

물론 이제부터는 당신의 선택에 달려있다. 상황이 어찌 되었든 현재를 충실히 살아가야 한다. 하늘은 스스로 노력하는 자를 돕는다는 말을 되새겨라. 이 위기상황에 마냥 주눅 들어있을 것인가. 잘 활용하여 성공의 초석을 마련할 것인가. 앞으로의 당신의 노력과 마음가짐이 당신의 미래를 좌우한다.

# 지난날에 했던
## 자기결정을
### 후회하지 마라

그 사건이 있고나서 진로에 대해 수많은 고민을 했다. 결국 내가 내린 답은 후자였다. "성적을 굳이 낮춰서 전문학교에 들어갈 필요는 없잖아? 누가 봐도 괜찮은 학교에 들어가서, 취업이 잘 되는 학과에서 길을 모색하면 돼." 지금 입장에서 보면 굉장히 막연한 결정이었다. 의지는 누구보다 불타올랐지만, 이 열정을 어떻게 살려야 할지 계획에 대한 현실적인 요소가 부족했다고 할까. 그러니까 돈을 많이 버는 직업을 가지고 싶다는 일념과 별개로 학생이란 신

분에서 정보가 턱없이 부족했다.

　그 때 당시 내게 정보를 제공해주는 분들은 선생님이나 부모님이 전부였다. 그들은 내게 이렇게 말했다. '기계공학과에 가면 대기업 엔지니어도 될 수 있고, 성적 잘 받으면 중고등 교사도 될 수 있다.' 하지만 나는 부자가 되고 싶었고, 그보다 훨씬 더 큰 꿈을 꾸고 싶었다. 정말 열심히 살았다. 집안형편 탓에 되도록이면 국립대학교 기계공학과에 진학하기 위해서 눈에 불을 켜고 수업을 들었고, 한번 본 문제집도 몇 번이고 다시 봤다. 그 결과 소기의 목적을 달성하는 건 물론 전액 장학생도 될 수 있었다.

　그러나 빈약한 정보에 따른 무식한 진로 설정은 곧 좌절에 빠트렸다. 신입생 시절 "학교 교수는 취업을 도와주는 사람이 아니라 그저 학자일 뿐이야." 라며 선배로부터 뼈때리는 충고를 들었을 때, 여기는 답이 없다 판단 내렸다. 공기업 아니면 공무원만을 고집하는 선배들을 보면서 '스타트업이나 다른 진로에 대해' 일절 희망을 품지 않은 모습에서, 여기 있으면 큰일 나겠다고 생각했다. 결국 나는 학교를 그만두었다. 현재까지 전혀 다른 진로인 커머스업을 하며 먹고사는 것을 생각하면, 과거의 내 결정은 분명한 패착이었다.

당시엔 정말 마음고생을 많이 했지만 지금 와서야 묵묵히 털어놓자면, 그때 나의 결정은 어쩔 수 없었다. 후회할 수밖에 없는 상황이었다. 공부가 인생의 전부인 학생의 입장에서, 교실이 세상의 전부인 상황에서 판단의 근거는 몇 없었을 수밖에 없다. 이를테면 '등록금이 싸면서 이름값 하는 국립대. 취업률이 높다고 하는 공대 기계공학과.' 이런 기준에 의해 인생 전체를 결정하기에 부족한 부분이 있었다. 그러니 정보가 빈약하든 말든 목적을 달성하기 위해 열정을 불태운 것만으로 의미가 있는 것이다.

그래서 나는 한 커뮤니티에서 누군가 남긴 어떤 말에 큰 공감을 한다. "지난날의 자기결정을 후회하지 마라. 그때는 그 결정이 최선이었기 때문에 그렇게 결정한 것뿐이다. 그 이유와 상황이 기억나지 않는 것뿐 과거의 나를 믿고 현재를 열심히 살아가면 된다."

인생을 '역전' 하기까지

처음부터 완벽한 계획이 있으면 시행착오라는 말은 존재할 이유가 없다. 무슨 일이든 실전과 계획은 확연히 다른 법이다. 지금 와서야 막연하고 서툰 계획이라 생각하지만, 당시 입장에서는 확신에 찬 목표라 여길 수밖에 없다. 현실에 부딪히며 하나씩 문제점을 보완해 나갈 때 '완벽'이 아닌 '완전'에 가까운 목표가 될 수 있는 것이다. 이러한 과정에서 후회는 자연스러운 감정이다. 설령 슬럼프에 빠진다고 한들 다시 올바른 선택으로 나아가는 것도 문제를 해결하는 사람의 몫에 달려 있다.

그러니까 과거의 나를 믿고 그저 현재에 충실하는 것. 답이 없는 문제를 해결해야 될 때는 이 방법이 최선이다. 대체적으로 성공하는 사람은 후회를 별거 아닌 감정으로 치부한다. 과거 따위 시행착오를 했던 하나의 결과물이며, "이를 통해 어떻게 발전할 것인가?"에 대해 온종일 고민한다. 학교를 졸업하지 않고 다른 일을 찾아 세상을 떠돌았던 나도, 비록 서툴렀지만 후회에 지지 않았다. 커머스 업계에 경제적 성공의 꿈이 있다는 정보를 터득했을 때 주저하지 않고 나아갔다.

나에겐 일어나지 않을, 먼 나라 이웃 나라 얘기라고 생각하는 사람들이 있다. 그런 사람들에게 단호하게 말해주고 싶다. 평범한 나도 했기에 당신도 얼마든지 성공할 수 있다. 자기결정에 후회하지 않고 끊임없이 현실에 부딪혀라. 한 길만 고집하지 않고 열린 방향으로 검토해라. 실패에 대한 유연한 마인드. 좌절에 대해 무너지지 않는 마음. 이것만 있으면 평범한 당신도 할 수 있다.

# 99% 무조건
## 성공한 인생을 살 수 있는
## 3가지 방법

**• 1. 인생은 원래 불공평하다.**

**그런 현실을 인정하되 바꾸려 노력하라.**

처한 환경이나 주어진 현실은 불공평할 수 있다. 누구나 각자 처한 현실이 가장 어렵고 고된 법이다. 하지만 누구에게나 동등하게 24시간이 주어진다. 그 시간 동안 들인 노력은 결코 배신하지 않는다. 마냥 인생이 불공평하다 생각할 게 아니라 '노력을 통해' 인생의 격차를 줄이기 위해서 밤잠을 줄여가며 애써라. 시간을 효율적으로 쓰면서 양질의 결과를 내는데 집중해라. 마음처럼 되지 않아 실망해도 때로 의연하게 버틸 줄 알아야 한다. 녹록지 않은 현실에 상처투성이가 되어도 과정이라 생각하며 견딜 줄 알아야 한다. 인생은 원래 불공평하다. 이를 인정하되 그런 현실에 맞서 싸워라.

그런 의미에서 부모 탓, 세상 탓도 하지 마라. 십대에 나쁜 상황에 처해 가난하게 지낼 수 있다. 하지만 그건 네 잘못이 아니다. 개의치 말고 그 후에는 가난하게 살지 않도록 노력하라. 가난하게 태어났으면 남들보다 10배는 노력하면서 가지지 못한 것에 욕심을 내야 하는 것이 인지상정이다.

### • 2. 하면 된다. 결과가 남는다.

일을 하다 보면 정말 하기 싫은 순간이 있다. 이유는 여러 가지 있을 수 있다. "내가 무슨 죄를 저질렀기에 이렇게 열심히 살아야 하나." 회의감이 밀려오거나, "너무 피곤해서 아무것도 못하겠다."라며 정신적인 피로를 호소하는 것. 이유야 어찌 되었든 당신이 꼭 명심해야 될 점은 다음과 같다. 한번 시작했으면 성과를 볼 때까지 절대 멈추지 마라. 무슨 상황에 닥치든 하면 된다. 결과가 남는다.

지치고 지고 미치면 이긴다 생각해라. 정신승리해봤자 나아지는 것은 아무것도 없다. "그래 너 정말 힘들었구나." 말뿐인 위로만 들어서는 문제를 해결할 수 없다. 생명력을 깎아가는 노력을 해서라도, 소기의 목적을 달성했을 때 더 나은 인생이 펼쳐진다. 장기적으로 무엇이 더 현명한지 대해 생각해봐야 한다.

"삶이란 고독하고 가난하고 더럽고 잔인하며 짧은 것이다."-토마스 홉스. "432년 전에 서쪽에 위치한 서양 철학자의 인생도 그랬구나.", "내 인생만 쉽지 않은 게 아니구나." 여기며 '해야 될 일'에만 집중하자.


### • 3. 약해지지 마라. 강인해지는 과정에 있다.

기억하자. 내가 이렇게 힘든 이유는 그만큼 간절한 꿈이 있다는 뜻이다. 그만큼 꿈을 이루기 위해서 노력하는 과정에 있다는 뜻이다. 만신창이 같은 인생을 산다고 한탄하고 절망할 게 아니라, 열정에 미친 꼴로 목표의 정상을 우러러

보는 중이라 생각하자. 그러니 시련은 있되 실패는 없다는 마음으로 살아야 한다. 스스로에 대한 확신을 가득 채우고, 어떤 어렵고 힘든 일이 있어도 성공하는 과정 속에 있다 믿어야 한다.

## 현실에 안주하지 마라
## 진짜 내가 원하는
## 인생을 살아라

어렵게 들어간 학교를 그만두고 '커머스 플랫폼 사업'이 라는 일을 해보고 싶다 했을 때, 지인 10명 중에 9명은 뜯 어 말렸다. (학점 관리 준수하게 하고 어학점수와 자격증 을 준비해서, 3학년 때부터 공기업을 준비하면 되는) 순탄 한 길이 있는데 굳이 어려운 길을 갈 필요가 있냐고 하면서 말렸다.

하지만 현실에 안주하는 삶은 살고 싶지 않았다. 아니,

그러한 인생에는 미래가 없다 여겼다. 세상이라고 하는 건 한치 앞도 모르는 것이다. 누가 정해준 길을 아무 의심 없이 따라갔을 때 의도치 않은 상황에 의해 일이 잘못될 수도 있다. 그 때 가서 그 길을 정해준 누군가를 찾아가 손해배상청구를 할 수도 없는 일이었다. 그렇기에 내가 선택한 길을 걸어가며, 그 길이 맞았다 여기면서 나아가면 된다고 생각했다.

물론 가야 할 길을 직접 설계하는 일은 쉽지 않았다. 수없이 많은 시행착오를 겪어야 하는 미래는 감당하기 어렵다. 뼈를 깎는 노력은 물론, 막막한 미래 속에 마음가짐을 다져야 하는 입장 자체만으로 고통스럽다. 하지만 나는 각오가 돼있었다. 무슨 일을 하든 최소 만 번의 고통을 감내할 수 있었다. 미리 고통스러울 것을 알고 선택했기에 현명한 선택이라 믿었다.

현실에 안주하지 않는 삶. 도전을 멈추지 않는 인생을 사는 것은 고통스럽지만 한편으로 행복한 법이다.

커머스업을 하는 만큼 SNS 계정을 하나씩 키워가며 장사의 기반을 다지는 일. 광고를 받기 위해 홍보 콘텐츠를 수천 개 제작하는 일. 광고주들과 소통하면서 좋은 계약을 따내는 일. 들인 노력에 대한 확실한 결괏값을 줄 것이라 확신했다. 진정 '나를 위해서' 가슴 뛰는 삶을 살고 있어 좋았다. 그런 의미에서 계속해서 도전을 멈추지 않는 삶을 살고 싶었다.

전 하버드대 심리학 교수인 조던 피터슨은 한 인터뷰에서 이런 질문을 받았다.

"위험을 감수하고 뭔가 의미 있는 일을 하는 것이 너무 두려운 나머지 꿈을 포기한 사람들에게 한마디 해주세요."

조던 피터슨은 다음과 같이 말했다.

"위험을 느끼는 건 당연한 겁니다. 하지만 자신을 비참하게 만드는 현실에 그저 안주하고 있다면 그건 더 큰 두려움으로 다가올 것입니다. 나에게 의미 있다고 여겨지는 것을 하나씩 해 나가는 건 나로서 마땅히 해야 할 일입니다."

그의 말처럼 절대 쉬운 일은 아니겠지만, 꽤 오랜 시간이 들어갈지라도 원하는 삶을 살고자 한다면, 주저하지 않고 그렇게 해야 한다. 시행착오는 당연하다. 이 길을 결정한 순간부터 끊임없이 생각하는 삶을 살게 될 수밖에 없다. 하지만 그렇게 고민하고 생각한 만큼 성공의 열매는 달콤하다. 달콤한 듯 썩은 열매를 먹지 않아도 된다. 그러니 이 글을 읽는 당신도 적극적으로 쟁취하고 최선을 다하는 인생을 살아라.

## 부자들에게 배운 것
## (부자가 되고 싶다면
## 부자와 함께 어울려라)

처음 이 일을 시작했을 때는 변변한 사무실조차 없었다. 필요성을 느끼지 못했기 때문이다. 컴퓨터가 있는 책상과 바로 옆에 냉장고가 있는 작은 자취방이면 충분하다고 생각했다. 클라이언트와 미팅이 있으면 서울에 올라가면 되는 것이고, 광고 제안서야 메일을 통해 일괄적으로 발송하면 되는 문제니까. 더구나 서울에 정착할 마땅한 자금도 없는 상태에서 무턱대고 상경하는 건 바보 같은 짓이라 생각했다.

하지만 이건 하나만 알고 둘은 모르는 선택이었다. 정말 부자가 되고 싶으면 서울에서 생활하며 일거리를 찾아야 하는데, 목전에 둔 이득만 생각했다.

마치 우물 안에 갇힌 개구리 신세와 같았다. 수도권에서 멀리 떨어진 지방은 일적으로 시너지를 발휘할 여건이 아무것도 없었다. 당시에 나는, 학교는 그만뒀지만 대학가 자취방에 남아있었고, 이 환경에서는 대화를 나눌 사람의 유형도 한정되어 있었다. 강의를 듣고 취업준비 하는 이들과 대화를 나눠봤자 아무 소득이 없었다. 기껏해야 "요즘 하는 일 잘돼?" 혹은 "돈 좀 벌었으면 한턱 쏴." 같은 대화였다. 동류 업계의 사람이 모여 있는 곳에 있어야 일감도 얻고, 자극도 받을 수 있을 텐데 명백한 시간 낭비였다. 이 모든 것을 차단한 채 살아가니 100 성장할 수 있는 기회를 1/10로 스스로 제한하는 꼴이었다.

당시에는 이러한 사실을 인지하지 못했다. 무엇이든 강한 충격을 받아야만 변화의 필요성을 느끼는 법이다. 내게도 그런 다소 충격적인 사건이 하나 있었다.

광고주와의 미팅이 있어 서울에 갈 일이 있었다. 만난 그 분은 내가 감히 생각도 할 수 없는 부자였다. 이미 사업체도 여러 개 가지고 있고, 수백억의 자산을 가진 사람이었다. 나는, 일적인 이야기를 어렴풋이 끝냈을 때 그 분에게 한 가지 질문을 던졌다.

"어떻게 하면 그렇게 성공할 수 있나요?" 그러자 그분은 내게 이렇게 말했다.

"물고기를 잡으려면 물가에 가야 하잖아요? 마찬가지에요. 성공하려면 성공하는 사람들 주변을 끊임없이 맴돌아야 해요. 강남에 사는 부유층 사람들을 보면 알 수 있죠. 어릴 때부터 부모로부터 보고 배우며, 의도하지 않았지만 돈 버는 법을 자연스레 깨닫습니다. ○○님도 열심히 사는 사람들 가까이에 살면서 그들과 많은 대화를 나누세요. 꼭 일적인 내용이 아니라도 유기적으로 영향을 미치는 것들이 있을 거에요."

그 말을 듣고 주저하지 않고 상경하겠다는 계획을 세웠다. 이 사건 이후로 서울에서 생활하면서 점차적으로 수입이 늘어났다. 다양한 사람들과 협업을 하며 매출의 파이를

키웠다. 이 경험이 직접적인 영향을 줬다고 볼 수 없지만, 고정관념을 깨는데 유용하게 작용했다고 믿어 의심치 않는다.

누군가와 가깝게 지낸다는 건 그렇다. 단순히 말과 행동을 나누는 게 아니라, 특정한 비전을 공유하고 상황을 바라보는 시각을 교류하는 것과 동시에 생활양식을 닮아가는 행위 자체이다. 무슨 일을 하든 더욱 잘하고 싶다면 성공하는 사람, 열심히 사는 사람 곁에 있어라. 주변에 누가 있는지 따라 내가 더 성장할 수 있는 가능성의 범위가 달라진다.

성공하는 사람들은 성공하는 이유가 있다. 보고 닮아가고 싶다면 그것을 답습하기 위해 몸소 따라하자.

## 인생역전의 사나이들이
## 도전을 망설이는
## 사람들에게 하는 말

　대부분의 사람들이 도전 앞에서 그런 생각을 한다. "나이가 많아서 기회도 부족한데 내가 할 수 있는 게 뭐가 있어." 혹은 "이미 레드오션 시장에서 무슨 재미를 봐."라며 도전하기에는 시간은 아깝다고 한다. 어중간한 잣대를 대며 실패부터 생각한다. 그렇게 이것도 포기, 저것도 포기하면서 현실에 안주하는 선택을 하고 만다.

　하지만 모든 도전이 무릇 불확실성에서부터 시작되었다. 실패할 수도 있다는 위험부담을 안고 시작하는 것이다. 모두가 안 된다고 하는 일을 되게 만드는 과정을 우리는 도전이라고 부른다.

그래서 도전을 망설이는 이들에게 이 한마디를 전한다. 인생역전에 성공한 사람들은 나이나 상황을 따지지 않았다. 성공할 수 있다는 일념 하에 행동했다.

### • 1.

세계적인 스포츠웨어 제조기업 '아디다스' 창업자. 아돌프 다슬러는 어렸을 때부터 신발공장의 봉제기술자로 일했다. 그가 처음부터 자신의 브랜드를 이끌었던 것은 아니고, 기술과 노하우를 차곡차곡 습득하여 49세의 나이에 비로소 족적을 남기게 된다.

### • 2.

세계적인 패스트푸드 업체 '맥도날드' 창업자. 레이크록은 처음부터 햄버거를 파는 회사를 차렸던 것이 아니다. 밀크쉐이크를 만드는 믹서기를 세일즈 하는 일을 하다 문득 기회를 발견한 것. 햄버거를 사기 위해 줄을 서는 사람

인생을 '역전' 하기까지

들을 보고 "이게 사업이 되겠구나." 여긴 것이다. 그것도 53세의 나이에 햄버거 판매 체인점이라는 아이디어를 떠올린다. 안 된다는 생각으로 마음에 주름이 잡혔다면 가능한 일이었을까?

### · 3.

미국 패스트푸드를 대표하는 기업 KFC 창업자. 할랜드 센더스는 일명 KFC할아버지라 불리기 전까지, 젊은 시절 여러 업종에서 일을 했다. 하지만 결과는 참혹했다. 휘발유 배급제 실시로 주유소 장사도 망하고, 큰 화재로 식당일도 망하는 등. 65세 나이가 될 때까지 그의 인생의 파도였다. 그러한 상황에서 그가 도전정신을 포기하고 현실에 만족하면서 살아갔다면 KFC는 탄생할 수 없었을 것이다.

그는, 남은 재산이라고는 월 105달러의 사회보장금과 낡은 트럭 한 대 밖에 없는 상태에서 무려 65세의 나이에 햄버거 사업에 도전한다. 어쩌면 마지막으로 남은 도전의 기회를 놓아버렸다면 실패만 가득한 인생이었지만, 결국 그는 스스로 자신의 가치를 증명해낸다.

이들은 세상에 '늦어서 불가능'하다는 것은 없다는 사실을 몸소 증명하고 있다. 그들을 보면서 떠오르는 무언가 있다면, 나이는 그저 숫자에 불과하며, 나이뿐만 아니라 모든 것이 도전 앞에 핑계가 될 수 있다는 것이다. 여전할 것인가, 역전할 것인가. 절실함과 포기하지 않는 의지가 실패를 성공으로 바꿔 놓는다.

도전을 망설이는 이들에게 다시 한번 말한다. 당신이 포기하지 않는 한 불가능이란 없으니, 시련은 있되 포기하지 말자. 아직 성공하지 못했을 뿐이다. 조금 늦었어도 세상에 '할 수 없는 것'은 없다. 이것저것 따지면 안 될 거라 생각할 거면 애초에 단념해라. 되고 싶다는 생각이 조금이라도 있다면 마음을 고쳐먹고 단결해라.

# 부자들에게 배운 것
## (돈 벌고 싶으면 거인의
## 어깨에 올라타라)

부자가 되기 위해서는 거인의 어깨에 올라타야 한다. 잘 된 사람들 옆에서, 그 사람들이 성공할 수밖에 없는 이유를 찾고, 그 이유를 삶에 적용하며 빠른 속도로 발전해나가야 한다.

성공한 사람이 되기 위해서는 성공한 사람들 곁에 있어야 된다. 이때 한 가지 더 명심해야 할 것이 있다면, 그 사람들이 나를 필요로 하게끔 만드는 것이다. 그 사람들을 만났을 때 이야기를 나눌 자리가 마련되었을 때마다 당신의 장점이 부각되도록 스스로를 어필해야 한다. 신뢰가 형성되어 있는 상태라면 분명 당신에게 맞는 일을 의뢰할 것이고, 그렇게 사업 범위를 넓혀가다 보면 부자가 될 수 있다.

그의 말은 즉 상대방에게 무엇을 줄 수 있는지 고민하라는 의미였다. 물고기를 잡기 위해 물가에 나간다고 한들 바로 물고기가 달려드는 건 아니다. 마찬가지로 돈을 버는 노하우나 알짜배기 영업 기술을 익히려면, 나를 트레이닝시켜줄 사람의 마음에 들어야 한다. 일을 배우거나 함께할 준비가 되어있다고 판단이 되도록 행동하라는 의미다.

혹은 상대의 레버리지를 이끌어내는 것도 좋은 방법이다. 예를 들면 이런 것이다. 한창 성공가도를 달리고 있는 사람이 다음과 같은 생각을 하게끔 만들어야 한다. "비효율적이거나 오래 시간이 걸리는 일을 이 사람에게 돈을 주고 맡기는 편이 낫겠다." 상대는 절약한 시간을 통해 또 다른 부를 창출하고, 나는 돈을 버는 하나의 루트를 마련하니 서로에게 일석이조가 될 수 있다. 돈은 이렇게 버는 것이다.

이 말을 듣고 강한 충격에 빠졌다. 하나의 고정관념이

와장창 깨져 나가는 느낌이라고 할까. 지금까지 나는 순전히 나를 위해 어떤 걸 얻을 수 있을지에 대해서만 고민했다. 그런 의미에서 SNS커머스업도 계정 인프라라는 기초를 잘 다져야 뭐든 할 수 있다고 믿었다. 이미 성공한 사람들의 어깨에 올라타 더 많은 돈을 벌 수 있는 기회가 있는데도, 미련스러운 길을 선택했다. 하지만 그렇게 살 필요가 전혀 없었다. 열정을 쏟더라도 효율적인 방법이 있다면, 더 좋은 결괏값을 위해 방법을 바꿀 줄도 알아야 했다.

그때부터 나는 그동안 가지고 있던 가치관을 하나씩 부수기 시작했다. 혼자 뭐든 해야 한다는 생각을 버리고, 일감을 물어줄 수 있는 사람들에게 '나의 필요성'을 어필하기 시작했다. 상대방에 어떤 걸 보여줘야 이익으로 돌아올지 고민하다 보니, 배 이상 수익을 벌 수 있었다.

학술논문을 볼 수 있는 '구글 스칼라'에는 다음과 같은 격언이 새겨져 있다고 한다. "거인의 어깨에 올라타서 더 넓은 세상을 바라보라." 내딛는 한걸음은 아무것도 아니지만, 거인의 어깨에 올라탔을 때 내딛는 발자국 하나하나는 찬연하고 밝은 승리처럼 느껴지지 않을까.

그러니 통찰력을 가지고 각 분야에 성공하거나 독보적인 실력을 가진 사람들을 주변에 찾아보자. 그 사람들을 만날 수 있는 기회를 천운이라 여기며, 나의 장점을 강하게 어필해보자. 관점만 바뀌어도 돈이 보이고 성공이 가까워진다. 당신도 빠르게 성장할 수 있다.

# 성공하기 위해서
## 반드시 내쳐야 하는 사람
### BEST 3

성공하려면 환경부터 바꿔야 한다. 누구를 만나는가에 따라 누구와 대화하는지에 따라, 생각하는 습관이 달라지고 라이프 스타일이 바뀌기 때문이다. 더욱이 현재의 가난한 삶을 바꾸고 싶어 한다면, 첫 번째로 할 일은 주변 인간관계 정리다. 환경을 바꿈으로써 보다 성공하기 쉬운 삶을 구축하는 것이다.

## · 1. 자본주의 가치관이 희박한 사람

다소 생소한 방식으로 돈을 벌고 있다고 해서 무작정 사기꾼이라 몰아가는 사람들이 있다. 이를테면 "임마. 제대로 된 일을 해야지. 돈은 정직한 노동을 통해 버는 거야."라는 말로 비즈니스 개념 자체를 거부하는 사람은 무조건 걸러야 한다. 그런 사람들과는 결코 큰일을 도모할 수 없기 때문이다.

이 세상에는 다양한 방식의 돈벌이가 있다. 매일 꾸준히 노동력을 들여야 수익이 들어오는 구조가 있는 반면, 단기간에 노동의 가치를 집약하여 마치 연금처럼 수익을 실현하는 구조가 있는 것이다. 혹은 최저시급 1시간어치를 받는 구조가 있는 반면, 나의 가치를 성장시켜 1시간에 100만 원 이상의 보상을 받는 구조도 있는 것이다. 이러한 수익의 다양성을 존중하지 못하는 사람은 자본주의 개념이 아예 없는 사람이다. 이런 사람과는 어떤 일도 함께 할 수 없다. 전통적인 노동 가치를 고집하는 사람이기에 좋은 결과를 도모할 수 없다. 하루빨리 벗어나길 바란다.

### • 2. 부정적인 사람

"저 사람은 저래서 성공한 거잖아. 우리 같은 평범한 사람들은 이래서 안 돼." 같은 말로 합리화하는 사람들이 있다. 이런 사람은 마치 전염병 같아서 반드시 거리를 둬야 한다. 당신을 영원히 정신적 가난에 종속 시키려 할 것이다. 도전을 자연스럽게 불필요하다 생각하게 만들고, 어떤 일을 실패했을 때 실패에 대한 변명부터 하는 생각습관을 견지할 것이다. 이런 사람들은 나의 생각을 조종하거나 파괴하는 아주 못된 사람들이니 하루빨리 거리를 둬야 한다. 생각이 태도를 만들고, 태도가 행동을 만들고, 행동이 결과를 만든다. 이러한 구조에 선순환을 꾀하도록 하려면 나쁜 환경을 차단하는 방법밖에 없다.

### • 3. 나를 생존도구로 이용하는 사람

오로지 자신의 생존을 위해서 타인을 이용하려는 사람들이 있다. 이를테면 비트코인이나 다단계 영업 같은 것을 추천하면서, "야 이거 돈 되는 사업이야. 너라서 같이 해보자고 하는 거야." 같은 달콤한 말로 타인을 희생양 삼으려고 한다. 본인이 곤궁한 처지에 놓였으니 자기 앞가림을 잘 해보기 위해서, 누군가를 지옥에 빠트리는 행동만큼 위험한 유형은 없다.

　이런 사람들은 한 가지 특징이 있다. 건실한 사업가처럼 온갖 티를 내고 다니면서 열심히 사는 사람에게 접근한다. 어떠한 교류도 없는 사인데 어느 날 갑자기 '우리 동생', '우리 형' 같은 친근한 말로 이것저것 좋은 사업을 추천해준다. "너처럼 성실한 사람이 필요해. 같이 하면 몇 십 배는 벌 수 있어." 이런 식으로 사람들을 끌어들이곤, 어느 시점에 감쪽같이 자취를 감춘다. 잠수를 타거나 언제 그랬냐는 듯 태연하게 대하면서 지옥에 빠진 당신을 관망할 것이다.

　기억해야 한다. 이런 사람들은 당신의 돈뿐만 아니라 기회마저 박살낸다. 감언이설에 속지 말고 다음과 같은 특징이 보이면 고민하지 말고 내치자.

인생을 '역전' 하기까지

## 성공하는 사람들은
## 그들만의 '루틴'이 있다

아침 일찍 일어나 맨 첫 번째로 하는 일이 무엇이냐고 물으면, 망설이지 않고 나는 운동이라고 대답한다. 정확히 말하면 사이클을 타는 것이다. 업무를 일찍 보는 것도, 잠을 보충하는 것도 아닌 '운동'이다. 비록 잠에 덜 깬 뜬눈이라 할지라도 다리는 끊임없이 움직이려 노력하고 있다.

일하기도 바쁜데 운동까지 신경 쓰는 이유가 있냐고 물으면 나는 다음과 같이 대답한다. "하루를 시작하기 전에 앞서 의욕을 불태우기 위해서 입니다." 잠자고 있는 마음가짐을 새로이 고쳐먹고 힘찬 인생을 살아가기 위해서 운동은 필수적이다. 오늘 하루 얼마나 피곤하든 '할 수 있다는' 강한 자신감이 부여된다. '기어코 해내겠다는' 마음으로 운동을 끝내고나면 어떤 일이든 잘 해낼 수 있다. 무슨 일이든 마음가짐에 따라 그 일의 성과가 180도 달라지기 때문이다. 그래서 나는 운동을 단순히 몸을 단련하는 것을 넘어, 마음가짐 수련이라고 생각한다.

실제로 1시간가량 사이클을 타고, 땀을 흘린 상태에서 일해보니 인생 전반에 많은 것이 달라졌다. 우선 뭉그적거리며 "10분만 더 자고 하자." 같은 생각에서 멀어졌다. 뜬 눈이라 할지라도 다리는 계속 움직이는 것처럼, 달궈진 마음상태에서 무엇이든 하게 된다. 동기부여나 특별한 다짐도 필요 없었다. 사이클 타는 순간부터 바삐 움직이는 생활의 궤도에 진입한 것이었고, 정해진 시간 내에 결과를 내는 것에 집중할 뿐이었다.

해이해진 기강을 다잡기 위해 운동만큼 현명한 방법은 없다. 기분이 태도가 되기 쉬운 우리 인간의 마음을 강하게 붙들어주는 것. 성공하는 사람들이 그토록 운동에 목을 매는 것. 일론 머스크고 빌게이츠고 운동에 신경 쓰는 이유라고 생각한다. 심지어 "운동은 몸의 건강을 위해 가장 중요한 것일 뿐 아니라, 다이나믹하고 창조적인 지적 활동을 위한 기반이기도 하다." 라고 미국 전대통령 존 F. 케네디는 말했다.

체력 없는 정신력은 그저 구호뿐이라는 말이 있다. 운동은 근력을 기르면서 몸을 젊게 하고 나아가 정신을 젊게 만들 수 있다. 일을 하는 도중에 쉬고 싶다는 생각을 하지 않게 되고, 예상치 못한 상황에도 즉각적인 반응을 할 수 있게 된다. 실수하고도 빠르게 복구할 수 있고, 무엇보다 "이쯤 했으면 그만해도 되겠지." 같은 정신만족에서 자유로워질 수 있는 것이다.

주어진 24시간 정해진 에너지를 보다 잘 활용하기 위해 운동은 여러모로 우리에게 필수적이다. 우리의 한계를 정하는 것은 몸이 아니라 마음에 달려 있다. 사실 더 많은 일을 해낼 수 있는데 단지 몸이 피곤해서 정신까지 지쳤던 적이 있을 것이다. 시간이 걸린다고 운동을 소홀하게 생각하지 말고, 짬을 내서 30분이라도 하루에 운동을 한다면 장담컨대, 훨씬 더 건강한 삶을 살 수 있을 것이다.

# 최소 월 5천만 원 이상 버는
## 자수성가 부자들의
## 3가지 공통점

### · 1. 효율을 극대화 시킨다.

자수성가한 젊은 부자들은 시간을 곧 돈처럼 여긴다. 하루 중에 절반 이상을 일에 투자하는 편이지만, 그 시간마저도 고효율을 추구한다.

이를테면 시간이 오래 걸리는 일은 외주를 맡기거나, 협업의 형태로 업무의 양을 분담한다. 절약한 시간을 활용해 자신이 잘하는 일을 하거나, 또 다른 부를 창출하는데 총력을 기울인다.

### • 2. 실행 능력이 뛰어나다.

사업이든 영업이든 모든 비즈니스는 직관적인 판단에 의해 단숨에 밀어붙일 줄 알아야 한다. 그러한 실행 능력이 떨어진다면 어떤 사업이든 쉽게 시작할 수 없다. 혹은 중간에 도태될 확률이 높다. 그래서 자수성가한 사람들은 일을 시작할 때 과정이나 계획을 먼저 따지기보다, 시행착오 속에서 일의 정교함을 더해간다. 생각만 할수록 두려움은 커지고, 실천할수록 성공에 한걸음 가까워진다는 것을 아는 것이다.

### • 3. 끈기가 있다. 독종이다.

어떤 사업이든 1년 이상 시간을 투자하지 않으면 제대로 된 수익이 나오기 어렵다. 단기간에 성공하는 방법은 이 세상에 없다. 적어도 1년 이상 노력과 '포기하지 않을' 의지를 투자할 각오가 되지 않으면, 성공하고 싶다고 말하지도 마라. 열정과 끈기를 가지고 하고자 하는 일에 꾸준히 투자하는 기간은 당연하다 생각해라. 잘 안 풀리는 문제는 해결책을 찾고, 보완한 뒤에 재실행하는 과정을 끊임없이

인생을 '역전' 하기까지

반복해야 한다.

 이처럼 독하게 영민하게 노력해야, 평범한 사람도 자수
성가할 수 있다. 스스로의 운명을 바꿀 수 있다. 시련을 극
복할 수 있다는 의지. 더더욱 괜찮아질 거라는 희망. 앞으
로도 계속 도전할 거라는 각오. 이것들만 있다면 당신도
충분히 스스로의 능력으로 경제적 자유를 쟁취할 수 있다.
겁내지 말고 하나씩 도전해가자. 당신도 할 수 있다.

## 성공하는 사람일수록
## 필수적으로 지키는
## 생활 습관 3가지

### • 1. 목표가 생겼을 때 숨기지 않고 사람들에게 말해라.

자신의 처지가 형편없거나 아무것도 없는 상황이라도 꿈을 되도록 크게 가지는 것은 성공에 도움이 된다. 더불어 이에 대해 확신이라도 하듯 주변 사람들에게 "나는 이런 일을 해서 성공할 거야." 같은 말을 하고 다니는 습관은, 목표를 이루는데 큰 도움을 준다. 무의식적으로 목표를 상기하는 것은 물론 성공을 인생의 주된 목표로서 되새길 수 있기 때문이다. 목표를 이루기 위해 우리 모든 마음가짐과 행동을 능동적으로 이끌어낸다. 어떤 방식으로든 꿈과 목표에 긍정적인 영향을 줄 수 있다. 열정에 끊임없이 기름을 부어 스스로를 성공할 수밖에 없는 사람으로 성장시킨다.

### · 2. 다음 할 일을 미리 생각해둔 채 쉬어라.

한 가지 할 일을 끝냈을 때 머리도 식힐 겸, 잠시 쉬어 가야 할 때가 있다. 이때 성공하는 사람들은 다음 할 일을 미리 조금 생각해 둔다. 어떤 일이든 시작하고 아이디어를 구상하는 단계가 가장 고되고 비효율적인 법이기 때문이다. 이에 대한 고생을 미리 분담해보는 것이다. '일을 어떻게 시작하면 좋을까?'라는 주제로 10분 정도 고민하고 쉬길 바란다. 우리의 무의식은 쉬고 있는 동안에도 여러 생산적인 해결책을 찾고 있을 것이다. 중요한 건 이처럼 '무엇을 시작해야 할까' 라며 멍해 있는 시간을 절약할 수 있어, 업무에 보다 효율적이다.

### · 3. 절대 하지 말아야 할 일을 기억해 둔다.

오늘 해야 될 일을 정리하는 사람은 많아도, 오늘 절대

하지 말아야 할 일을 기억하는 사람은 많지 않다. 시급하게 처리해야 될 일이 보다 우선이라 생각하기 때문이다. 하지 말아야 할 일은 무의식적으로 알고 있다 여기기 때문이다. 하지만 우리는 이 무의식적으로만 알고 있는 이 '하지 말아야 할 일' 때문에 정작 중요한 시간과 에너지를 낭비하고 있다. 이를테면 일을 하는 중간마다 휴대폰을 보는 습관이 있을 때, 이 습관은 알게 모르게 집중력을 분산시켜 우리의 마음가짐을 흐트러트린다. 아무리 이를 악물고 해야 되는 일에 목숨을 걸어도 소용없다. 이처럼 중간에 집중력을 잘라먹는 행위는 보다 많은 에너지를 요구하여 비생산적인 결과를 낳게 한다. 만약 휴대폰 보는 습관을 주의했다면 어떻게 되었을까. 경각심을 가진 채 의도적으로 휴대폰을 멀리 뒀을 것이다. 곧 일에 대한 집중으로 보다 생산적인 하루를 보낼 수 있었을 것이다. 이처럼 절대 하지 말아야 일을 기억하는 일은 하루 생산성을 비약적으로 끌어올릴 수 있다.

# 인생은 '실전'이었다

# 부자가 되고 싶어요?
## 그렇다면 워라밸부터
### 갖다 버리세요

사업을 하는 이유는 사람들마다 다르겠지만, 많은 사람들이 더 많은 돈을 벌기 위해 사업을 한다. 목적은 여러 가지가 있을 수 있다. 소비의 폭을 늘리기 위해서, 단기간에 경제적 자유를 달성하기 위해서. 물론 이보다 더 큰 가치를 위해 사업을 하는 걸 수도 있다. 하지만 대부분의 사람들이 돈을 많이 벌기 위해 사업가의 길을 선택한다.

사업은 괜찮은 아이템을 2-3년만 공들여 준비하면, 예전처럼 열심히 일하지 않아도 꾸준히 높은 매출 상태를 유지할 수 있다. 3년만 일하면 나머지 5년을 편히 살 수 있다는 말이 그래서 나온 것이다. 커머스 업을 예로 들면 SNS계정 인프라만 잘 구축해 둬도, 시장에 큰 변동이 없는 이상 수익이 탄탄대로로 평안하고 태평하다. 명성으로 이름 날리는 계정이 되면 광고요청으로 문전성시를 이루기 마련이다. 직장인은 정해진 월급을 받기 위해 매일 일정한 시간을 투자하며 빠듯하게 살아가는데, 이와 반대로 시스템을 구축한 사람은 편하게 월 1000만 원 이상씩 벌어들이는 것이다. 그래서 사람들은 구멍가게 같은 회사를 운영할지라도, 어떻게 하든 사업을 하고 싶어 한다.

하지만 여기서 많은 사람들이 단단히 착각하는 것이 하나 있다. 그건 바로 사업을 너무 쉽게 보는 것. 일반 직장인들처럼 비슷한 시간과 노력을 들이면서, 좋은 결과를 얻고 싶어 한다. 평소와 같이 자고 평소 같은 마음으로 일한다. 겉멋만 잔뜩 들어간 경우에는 더 가관이다. 사업한답시고 떵떵거리면서 정작 본인이 무슨 일을 하는지도 모른다. 이런 사람들은 200% 실패할 수밖에 없다.

그리고 한 가지 더 중요한 사실이 있다. 일반 직장인과

인생은 '실전'이었다

비슷한 시간 노력을 들인다면, 그 목표를 절대 이룰 수 없다는 것이다. 당신이 생각하고 있는 그 사업 아이템에도 일종의 유행이 있다. 한창 잘 팔리는 시기가 있는데 어영부영 시간을 보낸다면 장사가 잘 될까? 유행 기간이 약 3년이었다 치면, 시스템을 구축하는데 3년 넘게 썼다면 차라리 안한 것만 못한 것이다. 그렇게 사업에 '사'도 모르는 사람들이 사업한다고 깝죽거리다가 쪽박 차는 꼴을 여럿 봤다.

그래서 사업을 해서 단기간에 돈을 많이 벌겠다 마음먹었으면, 그에 걸맞게 행동해야 한다. 정해진 시간에 맞춰 일하는 게 아니라, 24시간에 18시간을 일하면서 지내야 한다. 휴일 없이 주 7일을 일할지라도 내가 선택한 길이라면 불평하지 않고 해야 한다. 워라밸은 갖다 버렸다 셈 치고 악착같이 매달려야 한다는 뜻이다. 어쩌면 이건 당연한 말일 수도 있다. 일반 직장인이 10년 일할 거, 사업을 하면서 3년 안에 노동력을 당겨쓰니 응당 그렇게 해야 하는 일일 수 있다.

어떤 일이든 세상에 공짜는 없다. 스스로의 운명을 바꾸기 위해서는 뼈를 깎는 노력을 해야 한다. 단지 사업을 한다고 내 인생이 달라지는 게 아니라, 이러한 수단을 잘 활용하기 위해 그만큼 내가 노력을 들여야 하는 것이다.

이 논리는 사업뿐만 아니라, '돈을 많이 벌고 싶은' 직장인의 경우라도 마찬가지다. 월 300만 원에 만족하고 싶지 않다면, 당신들도 워라밸을 갖다 버린 셈 쳐야 한다. 퇴근후에도 어김없이 다른 일을 해야 하고 여러 부업을 하면서 수입을 늘려야 한다. 도저히 노동력으로 감당이 안 되겠다싶으면, 내가 지금 책을 쓰고 있는 것처럼 여러 저작권에 시간을 투자해야 한다. 혹은 비약적으로 수입을 늘릴 수 있는 다른 방법을 찾아야 한다.

똑같이 쉬면 절대 성공 못한다.

똑같이 쉬면서 큰 부를 바란다면 차라리 복권을 사라.

결국 핵심은, 사업을 하든 회사를 다니든 뭐든 성공하고 싶으면 그에 맞게 행동해라. 세상에 공짜는 없다. 단지 단기간에 돈을 많이 벌 수 있는 방법만 있을 뿐이다. 이러한 방법에 맞게 살려면 그만한 노력의 결과치를 쏟아부어야 한다.

돈을 많이 벌고 싶다면 부단히 움직여라. 편안한 마음으로 지내면 아무것도 이룰 수 없다.

# 사람에게 쓰는 돈을
# 아끼지 마라

　서울에 와서 한 가지 느꼈던 것은 돈이 정말 많이 든다
는 것이다. 월세를 내고, 생활비를 내고, 성공한 사람들을
만나고, 여러 업체에 외주를 맡겨야 했다. 연 10억을 벌어
들일 때조차, 평균적으로 나가는 지출비용은 약 700-800만
원이었다. 한때 사람들은 나에게 미쳤다고 했다. 그렇게
힘들게 일해서 얼마 저축도 못할 거면 의미가 있냐고 한심
하게 봤다.

　하지만 나는 이 선택에 대해 아무런 후회가 없다. 적어

도 명품을 사거나 탕진하는데 쓰지는 않았으니까. 이보다 압도적인 부를 창출해내기 위해 끊임없이 가치투자를 했다. 부자들을 만나야 새로운 기회들을 얻을 수 있다. 연 100억을 버는 사람들을 만나야 연 10억을 버는 나는 하룻강아지에 불과했구나 각성도 할 수 있다. 일련의 과정에서 함께 밥도 먹어야 하고 기념일이면 선물도 해야 하는데 돈을 아낀다? 말도 안 되는 소리다.

반드시 모셔 와야 한다는 확신이 드는 사람에겐 더 큰 지출이 들어갈지 모른다. 하지만 나는 사람한테 쓰는 돈은 전혀 아깝지 않게 생각했다. 상대로부터 호감이나 인격적인 신뢰가 형성되었을 때 순조롭게 프로젝트를 진행할 수 있는 법이다. 능력자와 협업을 하게 되었을 때 나에게 떨어질 가치는 수백 배 이상일 것이다. 더욱이 몫이 큰 사업일수록 각개격파하면 망한다. 각자가 잘하는 분야에서 최선을 다할 때 시너지가 나는 법. 이를 실현하기 위해서는 필수적으로 돈을 써야 한다.

그래서 현재 버는 돈은 큰 의미가 없다. 일종의 씨앗을 심는 과정이다. 결국 수백 배의 가치로 돌아올 확신이 있는데, 마다할 이유가 없다. 물론 계속해서 월 억을 벌 수 있다는 보장이 없을 수도 있다. 여기가 한계일 수도 있지만 그것마저 깨부술 확신이 있다. 세상이 망하지 않는 이상 나는 절대 포기하지 않을 것이고, 지금처럼 나아간다면 목표 근처까지 도달할 확신이 있다.

소탐대실이라는 의미를 기억하자. 눈앞에 것만 집착하면 큰 이득을 놓칠 수 있다. 나의 가치를 조그맣게 규정하면 우물 안 개구리 신세를 면치 못할 뿐이다. 부를 좇는 사람은 돈이 아닌 가치를 향해 달려간다. 당신은 어떻게 살아갈 예정인가. 돈이 끊임없이 창출될 시스템을 구축하는 게 목적인가. 눈앞의 적은 돈을 보는 게 목적인가. 가야 할 길을 분명히 정해라. 마음가짐에 따라 성공의 향방이 정해진다.

# 장사꾼과 사업가의
# 차이점

### ·1.

장사꾼은 사업을 하나의 돈벌이 정도로 생각하지만
사업가는 사업을 고부가 가치를 창출해내기 위한 시스
템으로 본다.

### ·2.

장사꾼은 1억을 벌어도 천만 원 쓰기 아까워하지만
사업가는 1억을 벌면 10억을 벌기 위해 8천만 원 쓰기를 주저하지 않는다.

**· 3.**

장사꾼은 사업체를 지키기 위해 직원들에게 짜게 굴지만

사업가는 사업체를 키우기 위해 직원들에게 파격적인

조건을 제시한다.

**· 4.**

장사꾼은 본인이 사업가라는 말을 자랑하듯 하고 다니며

사업가는 본인이 장사치로 불리는 것을 극도로 조심한다.

**· 5.**

장사꾼은 공부와 담을 쌓고 벌이에 치중하지만

사업가는 전문지식 습득과 끝없는 배움에 중점을 둔다.

**· 6.**

장사꾼은 본인이 최고 좋은 대우를 받아야 한다 생각하

지만

사업가는 가치투자를 위해 각 분야 전문가들을 극진히
대우한다.


### • 7.

장사꾼은 사업의 목적이 경제적 자유에 그치지만
사업가는 사업의 목적이 다양하고 보다 건설적이다.

# '타임박싱' 성공하는
## 사람들의 시간 관리 비법

24시간 중에 14시간을 일했다고 해서 8시간 일한 사람보다 더 많은 일을 해냈다 볼 수 있을까? 전 세계 자산 1위 '일론 머스크'처럼 주 80-100시간을 근무한다고 해서, 일반인의 2배에 달하는 시간을 업무에 쓴다고 해서 무조건적으로 성공하는 것은 아니다. 중요한 건 효율이다. 적게 일해도 효율적으로 시간을 투자했으면 더할 나위 없이 높은 시너지가 나온다.

물론 나도 주 6-7일을 일하는 사람이지만, 24시간 하루

내도록 일하진 않는다. 잠 7시간은 꼭 자야 머리가 정상적으로 돌아가는 사람이고, 아침저녁으론 운동과 독서를 필수로 한다. 그렇게 시간을 환산하면 일에 몰두하는 시간은 불과 8시간에서 10시간에 지나지 않는다. 하지만 업무량은 남들의 거의 두 배, 진행하는 프로젝트나 컨텐츠 제작이 아무리 바쁘더라도, 마감일을 초과한 적은 단 한 번도 없다. 효율적으로 시간을 쓰니, 남는 시간에는 각 분야의 능력자들을 만나 정보도 얻는다. 어떤 방향으로 사업체를 운영해야 할지 돌아볼 시간을 가진다.

같은 24시간이 주어졌으면서 어떻게 이 많은 일들을 해낼 수 있었을까. 그 비결로 많은 CEO들이 채택하여 쓰고 있는 시간관리 전략 '타임박싱(Timeboxing)'을 꼽고 싶다. 타임박싱이란 업무 스케줄을 최대한 세분화해서, 그 우선순위에 따라 업무 시간을 배분하는 스케줄링을 말한다. 방학 시간표처럼 업무 스케줄표를 짠다고 생각하면 이해가 쉬울 것이다.

타임박싱. '정해진 시간에 배정한 업무에 몰두하여 계획대로 끝낸다.' 이 단어의 핵심 의미다.

이렇게 말하면 반문할 수도 있다. '계획표를 굳이 짜지 않아도 효율적으로 움직일 수 있지 않나요?' '계획표에 맞춰 살면 오히려 일이 안 되지 않나요?' 물론 그렇게 생각할 수도 있다. 그러나 오늘 하루 당신에게 엄청 많은 일이 주어졌을 때, 업무가 이것저것 뒤섞여 뭐부터 해야 될지 판단이 안 설 때, 직관적으로 행동한다면 얼마나 좋은 결과를 얻을 수 있을까? 미리 짜 둔 계획표대로 움직였을 때 '오늘 해야 될 일들'을 한눈에 파악할 수 있다면, 훨씬 더 유동적이고 효율적으로 행동할 수 있고 당황하지 않고 여러 업무를 순차적으로 해낼 수 있다.

예를 들면 이와 같다. 아침 7시부터 8시까지는 페이스북 스폰서 설정 및 주간 팔로워 현황 업데이트. 8시부터 9시까지는 마케팅 팀 회의같이 연속으로 이어지는 일정들을 특별한 준비 없이 수행할 수 있어 효율적이다. 더욱이 우선순위나 업무 소요시간에 대한 명확한 이해가 이뤄지니, 해야 될 일이 많은 날일지라도 시급한 것들을 빠짐없이 해내니 문제가 없다. "그때그때 직관적으로 움직이면 되지 않나?" 싶겠지만, 정리된 스케줄에 맞춰 진행하니 업무의

생산성도 향상되는 것이다.

실제로 일론 머스크는 24시간을 '5분 단위'로 관리하기로 유명하다. 5분 단위의 일정표에 모든 업무를 할당해 처리하는 것이다. 주 100시간의 엄청난 노력을 들이는 건 물론, 그 노력의 결괏값마저 효율적으로 관리하여 성과를 극대화 시키는 것이다. 물론 그가 5분 단위로 일정을 관리하는 이유는 따로 있다. 전 세계에 전기차를 공급하는 회사 '테슬라'. 민간 항공우주 기업 '스페이스X'. 태양광 에너지 기업 '솔라시티' 등 여러 사업을 겸하고 있기 때문에, 계획표를 짜지 않으면 도저히 감당해낼 수 없기 때문이다.

물론, 일론 머스크처럼 5분 단위로 세세하게 계획표를 짤 필요 없다. 다만 업무 효율성과 생산성을 높이기 위해 적어도 1시간 단위라도, 타임박싱이라는 시간관리법을 통해 하루를 효율적으로 관리할 필요는 있다.

생소하지만 터득하면 엄청난 시너지를 발휘하는 시간관리법, 타임박싱. "그런 게 있구나" 하고 넘어갈 게 아니라 여러 시도를 통해 내 것으로 만들어 보는 건 어떨까. 당신이 만약 직장인이라면 연봉협상 시즌에 스케줄표에 적힌 성과들을 빠르게 확인할 수 있어, 크게 도움이 될지 모른다. 당신이 만약 사업가라면 성과들을 보며 일에 대한 만족도를 높일 수 있을 것이다.

## '고진감래'
## 고집스럽게 버틸 때 반드시
## 임계점을 돌파할 수 있다

온라인 커머스 사업. 그러니까 소셜네트워크서비스 (SNS)에서 마케팅 컨텐츠를 제작하는 일은 눈치를 잘 봐야 한다. 클라이언트와 소비자 양쪽의 의견을 모두 충족시키는 것이 무엇보다 중요하다. 받은 광고 상품의 구매전환이 잘 이어지도록 양질의 컨텐츠를 제공해야 하지만, 그렇다고 노골적인 광고를 통해 팔로워들에게 실망감을 안겨주면 안 된다.

적어도 이것은 뉴미디어 마케팅으로 사업하는 사람들이

기본으로 가져야할 마음가짐이다.

하지만 그렇게 하지 않는 사람들이 생각보다 많다. 속된 말로 '쌈마이 컨텐츠'를 제작해서 돈만 받으면 장땡이라는 생각으로 장사를 한다. 어디서 퍼온 유머 컨텐츠를 올리면서 자기 것인 듯 강조한다. 게시물과 별개의 내용의 광고 사진을 올리면서 흔히 '속았다'는 느낌을 팔로워들에게 준다. 물론 광고게시물로서 완전히 잘못된 방식은 아니다. 어차피 볼 사람들은 보니까. 광고인줄 알면서도 재미를 위해 일부로 속아준다. 광고주들도 어떤 방식이든 상품이 노출되면 그만이니까. 쌈마이 컨텐츠인줄 알면서도 계속 맡긴다. 그러니까 한마디로 표현하자면 서로서로 아무 생각 없이 광고를 주고받는 상태인 것이다.

이러한 형태는 언뜻 보기에는 괜찮아 보여도, 한번 신뢰가 무너지면 사상누각 형태로 사업이 끊기기 십상이다. 광고주가 더 이상 이런 식으로 광고를 진행하지 않겠다 결정하면, 광고가 전면 종료될 수 있다. 더 이상 이런 식의 기만 행위를 받지 않겠다 다짐하면, 팔로워들도 언제든 떠날 수 있다. 모두가 알면서도 모른 척, 괜찮다는 사인을 보내지만 실은 속부터 썩어 있는 격이다.

이러한 우려는 예상했던 대로 2018-19년에 찾아왔다. 불과 3-4년 전만 해도 많지 않았던 광고 계정이, 인스타그램이나 특정한 플랫폼이 활성화 됨에 따라, 폭발적으로 늘어난 것이다. 그 결과는? 쌈마이 컨텐츠를 제작하는 계정들이 수없이 많이 생겨났다. 어디서 봤던 컨텐츠가 여기저기서 올라오고, 광고인줄 알면서도 속아줬던 팔로워들은 이에 대해 강한 불만을 표했다. 물론 광고 상품 면에서도 부정적인 영향이 생겨났다. 자연스럽게 판매율은 저조했고 클라이언트 측의 만족도는 떨어졌다. 클라이언트 측에서도 팔로워들의 불만을 의식했는지 "이제는 다른 시장에 광고를 맡겨봐야겠다."라면서 더 이상 외주 문의를 하지 않게 되었다.

요즘에는 다시 인스타그램이나 페이스북의 뉴미디어 마케팅이 대세지만, 당시에는 나는 적지 않게 피해를 봤다. 양 측 모두 소극적이고 회의적인 반응을 보이니 매출이 30% 이상 줄기도 했다. 분명한 위기였다. 이 문제를 해결하지 못하면 몇 달 안에 다른 일을 찾아야 할 것 같다는 생각도 들었다. 내가 잘못해서 일어난 문제는 아니지만, 퇴근하고 온종일 일에 매달리며 "어떻게 하면 질 좋은 컨텐츠로 인정받을 수 있을까?" 고민했었다.

고민 결과, 당시 내가 내린 결론은 이거였다. "뭐가 되었든 싹 다 바꾸자!" 자칫 흔한 유머계정처럼 보일 수 있던 계정이름, 컨텐츠의 폼, 내용 모두 싹 바꿨다. 일종의 계정에 브랜딩 과정을 거쳤다. "광고 컨텐츠를 올리지만, 우리는 세상에 특별한 가치를 전달하는 사람들이다."라며 계정 이미지를 디자인했다. 그렇게 쌈마이 컨텐츠가 아니라, 고급 컨텐츠를 올리는 계정으로 탈바꿈했다. 독자적으로 컨텐츠 양식을 만들어, 나만의 카피라이팅을 통해 독자적인 게시물을 꾸준히 올렸다. 그렇게 다시 시작한다는 마음으로 이와 같은 컨텐츠를 약 3달간 3,000개 정도 만들었다. 말이 3,000개지 당시 정말 힘들었다. 컨텐츠를 제작하고 반응을 살피고 정리하는, 일련의 행위를 혼자 한다고 했을 때 아주 죽을 맛이었다.

하지만 버틸 수밖에 없었다. 위기상황에서 내가 내린 결론 대로 하면 성공할 수 있다 마음먹었기 때문이다. "좋은

인생은 '실전'이었다

컨텐츠를 만들어 올리면 팔로워들도 찾아올 거고 자연스럽게 클라이언트들도 주목할 수밖에 없다." 시간이 지나면 분명 해결될 거라 믿었다. 내가 잘못한 게 아니라 상황이 안 좋은 것뿐이니까. 결국에 버티니까 매출도 점점 늘어났다.

만약 이 상황에서 "이 돈벌이도 끝났어."하고 주저앉았다면 어떻게 되었을까? 매번 새로운 일들을 겉돌며 의미 없는 인생을 살았을 것이다. 어떤 상황이든 포기하지 않는다는 각오로 시련을 극복했으니 더 나은 위치에 설 수 있는 것이다. 단순 매출을 올리기 위한 목적뿐만 아니라, 마음가짐도 각성하는 계기가 될 수 있었다.

지금은 약 수백개의 계정에서 무수한 팔로워들과 함께하고 있지만, 그 때의 경험을 잊지 않고 살아가고 있다.

1. 내가 잘못하지 않아도 상황이 여의치 않을 때가 있다.
2. 위기는 시시때때로 찾아오지만, 극복하는 순간 기회가 된다.
3. 잘할 수 있다는 확신이 있다면 버티는 게 맞다.

이겨낼 방법도 없으면서 버티는 건 무식한 것이다.

4. 내가 할 수 있는 걸 다하면서 버티다 보면, 분명 좋은 날이 찾아온다.

인생은 '실전'이었다

# 반드시 인생을 역전시키는
# 성공 마인드 3가지

### • 1. 존나게 버티면 반드시 승리한다.

우사인 볼트가 세상에서 제일 빠른 이유는 무엇일까? 힘이 좋아서? 타고나서? 모두 틀렸다. 죽기 아니면 까무러치기로 무조건적으로 버텼기 때문이다. '나는 반드시 승리할거란' 확신을 가지고 버텼기 때문에 목표지점에 도달할 수 있는 것이다. 인생도 마찬가지다. 상상도 할 수 없는 힘든 상황. 느닷없이 찾아오는 위기에 직면했을 때 '존나게' 버텨야 한다. 버텨야 할 문제를 향해 두 눈을 부릅뜨고 있어야 한다. "힘든데 조금만 쉴까?" 현실과 타협하는 순간 진다. 도망가고 싶은 마음이 들 때 더더욱 마음을 다잡고 있어라.

"네가 이기나. 내가 이기나. 어디 한번 해보자." 단호한 정신으로 매사 임한다면, 최악의 순간에서 최고의 순간을 맞이할 수 있을 것이다. 기억하자. 인간은 상상력이 있어 나약해지는 법이라고 한다. 이를 용기로 바꿀 수 있다면 어떤 시련도 더 이상 두렵지 않다.

### • 2. 스스로를 무한으로 긍정하라.

인생을 역전시키지 못하는 사람들은 "내 능력은 이것밖에 안돼.", "나 같은 놈은 끈기가 없어." 스스로를 과소평가하면서, 조금만 노력하면 가능한 일 불가능하다고 여긴다. 하지만 이것은 하나만 알고 둘은 모르는 바보 같은 생각이다. 성공한 사람들이 처음부터 출중한 능력의 소지자들이었을까? 틀렸다. 그들은 만시간의 노력을 들이는 동안 수십만의 긍정을 부여했다. "나는 할 수 있어. 조금만 더 하면 돼." 같은 말로 끊임없이 밀어붙였을 뿐이다.

지 인생은 지가 조지고, 지 팔자 지가 꼰다고 했다. 스스로가 할 수 없다 여기면 불가능 천지가 되는 것이다. 할 수 있다 다 조진다 여기면, 이 세상은 흥미진진한 도전천지가 되는 것이다. 그러니 현 상황을 탓하지 말고 먼 미래를 봐라.

## • 3. 태어난 건 당신의 잘못이 아니다. 하지만 더 열심히 된다.

가난한 집안에 태어난 건 당신의 잘못이 아니다. 학창시절에 부모님의 경제적 실수는 당신의 죄가 아니다. 다만 더 치열하게 살아야 할 환경이 주어진 것뿐이다. 이에 대해 현실 불평할 필요 전혀 없다. 인생은 원래 공평하지 않으니, 어쩔 수 없다 여기며 독하게 마음먹어야 할 뿐이다. 2030대에 찬란하게 빛날 당신의 진정한 인생을 위해서 마음을 독하게 먹어라. 그러면 얼마든지 성공할 수 있다. 몇 억이고 몇 십억이고 원하는 만큼 벌 기회와 시간이 있다. 과거를 기회 삼아 더 열심히 살아가길 바란다.

## 잘 먹고 잘 지내기 위해서
## 반드시 확인해봐야 하는
## '잘 사는 인생' 체크리스트 3가지

### • 1. 정기적으로 운동하고 있는가?

당신이 아직 이십대라면 괜찮다. 한창 몸이 활성화되는 시기니 계속해서 에너지가 생성된다. 운동할 필요성조차 느끼지 못할 것이다. 하지만 이십대 후반 이후로 어느 순간 체력이 팍 꺾이는 순간은 온다. 갖은 고생으로 실력을 다진 30대에 누구보다 찬란하게 빛나기 위해선 체력이 발목을 잡으면 안 된다. 기억하자. 20대 때 "밤샘 근무? 열정이면 다 된다."라며 체력을 소모하지 말자. 아무리 업무가 많아도 운동은 꾸준히 하자. 30대에도 20대처럼 일하고 싶다면, 운동은 일종의 습관이 되어야 한다.

### • 2. 제대로 된 식습관을 유지하고 있는가?

일이 바쁘다고 해서 아무거나 먹지 말자. 대충 끼니나 해결한다는 생각은 대충 일하자는 뜻과 똑같다. 업무가 고단할 때는 매운 음식을 찾게 되고, 행복할 때는 단 음식을 찾으면서 일차원적인 쾌락에 중독되기 때문이다. 업무능률이 외부적인 환경에 의해 좌우되고 결국 대충 일할 수밖에 없는 처지에 놓이게 된다. 그렇게 되지 않기 위해서는 적게 먹고, 조미료가 들어가지 않는 음식을 지속적으로 먹어줘야 한다. 결국에 평정심을 잘 유지하는 사람이 돈을 더 버는 법이다. 감정을 잘 통제하는 사람이 시간 또한 효율적으로 쓸 수 있다. 제대로 된 식습관을 유지하고 있는지 검토해보자.

### • 3. 오래된 친구가 곁에 있는가?

사회생활, 직장생활을 하면서 정신상태도 각박해진다.

비즈니스 만남에 익숙해지고 적당히 거리를 두는 습관 때문에, 과거 자신의 모습을 잃어간다. 문득 자괴감이 밀려와 삶의 질이 현격히 떨어질 때가 있다. 그럴 때 마음가짐을 붙들어줄 오래된 친구들이 있을 때, 어느정도 평정심을 유지할 힘이 생긴다. 언제 만나도 그 시절처럼 재밌게 놀 수 있는 관계가 있어야 한다. 터놓고 이야기하며 의지할 수 있는 사람들 덕분에 다시 정신은 건강해진다.

인생은 '실전'이었다

## 성공적인 아이디어로
## 만드는 성공한 사람들만의
## 필승전략

### • 1. 모두가 실패할 거라고 말했던 제품 '에어팟'

아이폰7과 함께 출시를 발표한 에어팟은 당시 사람들로부터 안 좋은 평가를 받는다. 22만 원이라는 가격과 함께 다소 이질적인 디자인이 구설수에 오르면서 조롱거리가 된 것이다. 심지어 에어팟은 출시하기도 전에 '콩나물 대가리'나 담배꽁초 같은 별명으로 불렸다. 그럼에도 불구하고 이 제품은 어떻게 성공할 수 있었던 걸까.

애플이라는 브랜드 파워도 한몫했지만, 무엇보다 에어

팟이라는 아이디어를 어떻게 발굴하고 현실에 적용했는지에 그 비법을 찾을 수 있다. 이를테면 이어폰 잭을 아이폰에서 제거한 것. 블루투스 기능을 활용하여 에어팟을 출시한 것. 이와 같은 아이디어가 시장에 먹힐 것이라 확신한채, 세상의 불필요한 평가는 철저히 차단하고 오직 상품화시키는 것에만 집중했다. 그렇게, 꾸준히 기술 개발에 집중하면서 어떤 사람도 인정하는 기술력을 갖추도록 한 것이다.

그 결과 출시되고 불과 1년도 안 돼서 에어팟은 현대인의 필수품이 되었다. 한 번 사용하면 계속 사용할 수밖에 없는 제품이 된 것이다.

### · 2. 벼랑 끝 베팅 '전기차 테슬라'

지금이야 전도유망한 분야이자 모두가 인정하는 브랜드이지만, 그런 '테슬라'라고 처음부터 성공만 거둔 것은 아니다. 첫 모델인 로드스터는 출시 초기 자잿값만 무려 14만 달러로 오히려 판매하는 것이 손해였다. 개발비가 당초 6배가 넘는 '예상 밖의 수치'로 모두들 미친 사업이라 했다.

인생은 '실전'이었다

더욱이 이 전기차 사업에 회사가 너무 많은 돈을 쓰고 있어, 그야말로 회사는 벼랑 끝 베팅을 하는 중이었다.

세상에 존재하지 않는 새로운 제품을 만들기 위해, 테슬라 창업주 일론 머스크는 고민에 빠진다. '지금 당장 사업을 중단하고 안정적인 분야에 집중할 것인가?' 하지만 그는 그렇게 행동하지 않는다. 오히려 계속 고민하여 끊임없이 일하는 태도를 유지하기로 한다. 실제로 그는 직원들에게 다음과 같이 말했다. "주어진 작업을 마칠 때까지 사무실 책상 밑에서 주무세요. 주말에도 일하세요." 한없이 냉정한 말이었지만 일론 머스크 또한 회사에서 먹고 자면서 기술혁신에 힘쓴다.

그 결과 비약적인 성과를 얻게 된다. 벼랑 끝에서 베팅 중인 테슬라에 투자할 회사를 찾은 것이다. 아울러 소형 리튬이온 배터리를 통해 성공적인 시제품을 출시하는데 좋은 결과를 만든다. 큰 위기를 극복한 테슬라는 이후 승승장구한다.


이처럼 현실적으로 불가능하고 쓸모없는 아이디어는 없

다. 얼마나 노력을 기울이는가에 따라 훗날 어떻게 발전할지 모르는 법이다. 포기하지 않고 끊임없이 도전을 들였다면 불가능도 가능으로 바꿀 수 있다. 가짜 실패에 속지 말고 호기심을 갖고 실패를 깊숙이 들여다봤을 때, 서서히 성공한 아이디어가 탄생하는 것이다. 위 두 가지 사례를 보면서 느껴지는 것이 없는가? 용기내지 못한 채 계속해서 생각만 하고 있다면 실천해보자. 두루뭉실한 아이디어라면 이를 끊임없이 현실화해보자. 제대로 도전해보면서 실패를 성공으로 바꿔보자.

# 성공하고 싶으면, 고객에게 먼저 다가가라

원래 내 성격은 지극히 내향적이었다. 다른 사람에게 다가가지도 않고 쉽게 생각을 표현하지도 않았다. MBTI로 치면 200% I다. 그러니까 사업이나 장사를 하기에 썩 맞지 않은 성향이다. 그럼에도 불구하고 나는 수백만의 팔로워들에게 컨텐츠를 소개하고, 여러 거래처와 이메일 혹은 전화를 주고받는다. 그래서 매월 OOOO만 원 이상의 수익을 낸다. 대인간관계 에너지가 그렇게 크지 않은 사람이 어떻게 가능했던 일일까?

사업을 하면서 자연스럽게 성향이 바뀌었다. 아니 먹고 살아야 한다는 생각에 일종의 가면을 썼다. 좋은 거래를 따오기 위해 상대의 입장을 관찰할 줄 알아야 했다. 비위도 잘 맞춰야 하는데 가만있을 수 없었다. 나무에서 감이 떨어지길 바라는 게 아니라, 감나무에 올라타 재롱도 피울 줄 알아야 했다. 먹고살기 위해서 그 직업에 맞게 성격도 변화할 수밖에 없는 것이다.

한창 팔로워들을 모아 계정을 키울 때는 그런 메시지도 보내 봤다. "안녕하세요. OO 계정주 OO입니다. 단순 공감위로 뿐만 아니라, 세상을 이롭게 하는 가치를 전달하고 싶습니다. OO님이 함께 해주시면 큰 도움이 될 것 같은데 어떠실까요? 부담을 드리는 건 아니지만 팔로잉 부탁드리 겠습니다. 바쁘신데 메시지 읽어 주셔서 감사합니다." 이 메시지를 매일 100명에게 전송했다. 읽고 씹는 경우가 약 50% 정도, 간혹 좋지 않은 말을 해주는 분도 있었지만 꿋 꿋이 진행했다.

만약 여기서 내가 상처를 받았거나 자괴감을 느꼈다면,

인생은 '실전'이었다

이 아이디어에 대한 제대로 된 결과치를 얻지 못했을 것이다. 그럼에도 불구하고 1년을 지속하니 고정 팔로워 분도 생겼다. 컨텐츠의 내용과 별개로 평균 이상의 노출을 끌어올리는 상태에 도달할 수 있었다. 먼저 다가가서 손을 뻗고 상대방의 관심을 사는 것. 커머스 업으로 수백억의 매출을 올릴 수 있는 비결 중 하나다.

클라이언트를 대하는 태도도 마찬가지다. 어떤 광고를 의뢰하면 "가격과 별개로 양질의 컨텐츠로 모시겠습니다."라는 언급을 빼놓지 않는다. 보통 회사의 마케터 분이 연락 주는 경우가 많은데, 두 세번 정도 거래가 오가면 필히 선물을 한다. 부담이 되지 않는 선에서 향수나 커피 기프트콘 위주로 아낌없이 베푼다. 총 10번의 업로드를 원하면 서비스로 업로드 2번을 더해드린다. 그렇게 가성비 좋게 일을 해드렸을 때 리콜 문의는 50%에서 100%으로 상승한다.

하루는 그런 적이 있었다. 10일 업로드를 11일로 잘못 기입해서 스케줄 상으로 오류가 발생한 것이다. 바로 전화를 드려 "마케터 님 정말 죄송합니다!" 말과 함께 기존 3번 업로드를 6번으로 올려 드리기로 했다. 다음에 그러지 않겠다 사과하면 될 일이라 생각할 수 있겠지만 그렇지 않다.
사업하는 사람에게 신뢰는 목숨과도 같다. 조그마한 실수
도 적극적으로 대처해야 거래처는 온전히 유지될 수 있다.

이처럼 사람을 대하는 직업은 상대의 편의를 최대한 봐
주고, 먼저 좋은 말로 안부를 묻고, 무엇보다 진심으로 대
하는 자세를 견지해야 한다. 그러한 노력들이 차곡차곡 쌓
여 언젠가 복으로 돌아온다. 사업에 성공하는 사람들은 이
처럼 본래의 성향 따위 연연하지 않는다. 돈을 벌기 위한
생각만을 한다. 덕분에 일이 좀 힘들어져도 패널티를 많이
지더라도 결국에는 양질의 성과를 거두기 때문이다.

## 돈을 쓰고도 후회하지 않기 위해 꼭 알아야 할 1가지 개념

　돈을 잘 버는 사람들은 그만큼 돈을 쓸 줄 안다. 소인배처럼 자기 몫만 챙겼다가 협업하는 이들이 모두 떠나간다는 것을 잘 알기 때문이다. 파격적인 커미션을 제시하더라도 성과에 대한 보상을 톡톡히 챙겨준다.

　광고 의뢰를 받다 보면 장기적인 제휴도 맡을 수 있다. 예를 들면 30일 기준 업로드를 150번 해주는 조건으로, 계정주에게 일정금액을 지급받는 형식으로 진행을 한다. 나 같은 경우 수백개의 계정을 운영하다 보니 이 같은 파트너 쉽을 맺는 경우가 종종 있다. 이때 소인배처럼 자기 몫만 챙기면서 계약금 이상의 결과를 요구하는 양아치 회사도 있었고, 대인배처럼 파격적인 커미션을 제시하더라도 성과에 대한 보상을 톡톡히 챙겨주는 회사도 있었다.

여러 유형의 거래를 하면서 느낀 것이 있다. 나날이 승승장구하는 회사의 특징은 그만큼 돈을 잘 쓸 줄도 안다. 일종의 아웃소싱을 중요시한다. 200만 원짜리 계약도, 이를테면 통 크게 300만 원을 지급해주는 방식으로 계약 위탁자의 효율을 최대한 이끌어낸다. 이처럼 보상을 톡톡히 챙겨주면 기대 이상의 결과가 나올 수밖에 없다. 월급을 받는 직장인이든 위탁 업무를 맡은 프리랜서든, 돈이 최대 보상이고 복지기에 더 잘하고 싶을 수밖에 없다.

반면 잘 안되는 회사는 그만큼 돈을 쓸 줄 모른다. 아니 지나치게 자신의 몫만 챙긴다. 200만 원짜리 계약도, 구태여 2개월가량 가계약을 설정해 150만 원만 지급하기를 원한다. 그렇다고 피드백이 없는 것도 아니다. "인스타그램 스토리 올리실 때, 좀 더 밝은 톤의 배경으로 부탁드릴게

요.", "계정 프로필 하단에 저희 상품 링크를 첨부해줄 수 있나요?" 같은 무리한 부탁을 하기 일쑤다. 그런 회사는 목전에 둔 이득을 챙길 순 있어도 딱 거기까지일 뿐이다. 절대 큰 성공을 거둘 수 없다.

지극히 개인적인 주관에 의해 쓰여졌지만,
읽는 당신들에게 한 가지 깨우침을 줄 수 있다고 생각한다.

이를테면 열정페이. '하고 싶은 일을 시켜줬으니 적은 보수에도 만족하라.' 이런 생각을 가졌다면 당신의 앞날을 위해서라도 당장 뜯어고쳐라. 그것이 망하지 않는 길이다. '간절한 사람이 우물을 먼저 파는 거지.' 같은 생각을 가졌다면 이 또한 뜯어고쳐라. 누구도 당신과 함께 일하고 싶지 않을 것이다.

반면 그러한 환경에서 일하고 있는 경우라면, 여기에는 희망이 없다 여기며 즉시 떠나라. 묵묵히 일해주다 보면 가치를 인정받게 된다는 말은 무의미하다. 원래부터 가치를 높게 쳐주는 곳에 일해야 앞날도 순탄할뿐더러, 지치지 않고 더욱 힘써 일할 수 있다.

이처럼 업무를 주는 사람이라면, 맡긴 사람에게 합당한 보상을 통해 건강한 계약관계를 만들어야 할 것이다. 업무를 맡은 사람이라면, 정당하게 요구하면서 떳떳하게 권리를 챙겨야 할 것이다. 물론 여러 사정에 의해 개인의 욕심에 의해, 혹은 서로 간의 입장 차이로 '열정페이'라고 하는 간극은 좁혀지지 않을지 모른다. 하지만 협업을 통해 상생을 꾀한다면, 더 잘되고 싶다면 반드시 고쳐야 할 마음가짐이다.

인생은 '실전'이었다

# 사회생활에서 을이 아닌 자유로운 '갑'이 되는 방법 3가지

**・1. 가만있으면 가마니로 보고, 참고 있으면 호구로 볼 뿐이다.**

생각을 감추는 법을 알았다면 성숙하게 표출할 줄도 알아야 한다. 사회생활을 하다 보면 필연적으로 기분 나쁜 일이 생긴다. 이때 가만있으면 "함부로 대해도 괜찮구나." 하며 가마니로 대한다. 참고 참다가 감정적인 발언을 하면 이상한 사람 취급하여 안 좋은 이미지로 매몰되기 일쑤다.

필연적으로 발생하는 좋지 못한 사건에 대해 현명하게 대처할 줄도 알아야 한다는 뜻이다. 이를테면 그런 것. "상대가 나 때문에 기분이 나빠하지 않을까?" 걱정하는 게 아니라, "이런 상대를 어찌하면 마찰 없이 입장을 표명할 수 있을까." 고민해야 한다. 타인을 의식하며 피할 게 아니라, 당당히 문제 해결을 위해 맞서는 태도가 필요하다. 기억하자. 참는다고 이 때문에 고마워할 사람은 아무도 없다. 나 자신은 내가 지켜야 한다.

### • 2. 개인 몫만 잘 해내도 인정받는다.

세상을 살다 보면 불특정한 상황에 의해 곤욕을 치르는 경우가 있다. 맡은 일을 열심히 해냈는데 이유 없이 비난을 듣는 것처럼, 내 노력과 의지와 별개로 반드시 욕을 먹어야 하는 상황이 있다. 그럴 때 온 힘이 빠지고 더 이상 회사생활에 큰 힘을 쏟기 싫을 정도로 애정이 소진되고 만다.

그럴 때 이 사실을 기억해 둬라. 평소 개인 몫을 잘해냈다면 아무 문제없다. 내 문제가 아니라 상황적인 이유라면, 그 순간을 잘 넘기면 괜찮아진다. 더욱이 평소 모두에게 친절했고, 약속도 잘 지키면서 두루두루 잘 어울리는 편이었다면 누명은 결국에 벗겨진다. 출근시간도 잘 지키고,

맡은 일에 대해 성실한 태도를 보였다면, 당신의 능력에 대해 의심하는 사람은 결국에 사라진다.

무례한 사람들 때문에 트집은 어떻게 하든 잡힐 수 있다. 다만 평소 이미지를 잘 쌓았다면 지나가는 하나의 폭풍일 뿐이다. 어쩔 수 없는 상황을 대비해 평소에 잘하자.

### · 3. 나 스스로를 존중하고 귀히 아껴라.

자본주의 세상에서 스스로를 가장 비참하게 여길 때가 있다. 돈이나 인맥이 없을 때, 이제 막 일을 시작한 사람일 때, 여러 부족한 처지의 스스로를 원망스럽게 생각할 수밖에 없다. 하지만 명심해 둬라. 돈이 없는 건 이제 벌기 시작했기 때문에 시작점이라서 그렇다. 인맥이 없는 것도 그만큼 좋은 사람을 만나지 못했기 때문이다. 경력이 부족한 것도 계속 쌓으면 된다.

그런데 그런 부정적인 사고를 버리지 못하고 "나는 이래서 안 될 거야." 라며 스스로를 무시하기 시작하면, 생각하는 대로 나락으로 떨어질 뿐이다. 오직 나 자신만이 존중할 수 있고 귀히 아낄 수 있다. 당신이 무언가를 시작하는 입장에 있다면 반드시 그렇게 하라. 성장의 원동력은 할 수 있다는 희망과 스스로를 사랑하는 마음에서 나온다.

# 결정적인 위기가 찾아왔을 때
# 이를 극복하는 '고급 지혜'

위기는 한껏 긴장이 고조되었을 때 찾아오지 않는다. "이겨낸다 새끼들아. 다 덤벼." 눈을 부릅뜨고 정면으로 맞설 때는 어떤 위기가 닥쳐도 얼마든지 문제를 해결할 수 있기 때문이다. 그렇다면 가장 치명적인 위기는 언제 찾아올까. 일이 잘된다고 자만할 때, 혹은 "이 정도면 좀 쉬어도 괜찮겠지. 내가 월 1억 버는 사람인데 뭐 어때?" 하며 스스로에게 관대할 때, 위기는 허리케인처럼 순식간에 닥쳐온 마음을 쑥대밭으로 만든다.

나도 그러한 위기를 한번 겪어본 적 있다. 더 이상 광고 매출이 오르락내리락하는 것에 연연할 필요 없을 때였다. 덩어리가 큰 광고를 몇 개 따내고 나니, 더 이상 몇 십만 원 금액의 광고에 목숨을 걸고 싶지 않았다. 자연스럽게 긴장의 끈을 조금씩 풀게 되었다.

더욱이 규모가 큰 광고를 맡다 보니 자만심도 생겼다. "내가 이만큼 기반을 다져 놨으니 당연한 결과 아니야? 그만큼 인정받는다는 증거니까. 편하게 벌어도 되겠지." 하며 과거의 고생을 떠올리며 나 스스로 보상받고 싶었다. 실은 현실 안주에 불과했는데 보상이라는 말로 정신만족 했던 것이다.

그 이후로 나는 명품 옷과 외제차를 타고 출근했다. 평소보다 1시간 일찍 퇴근하는 삶을 살았다. 당연히 스케줄 표 작성 같은 기본적인 업무에 소홀했고, 마케터들과 연락 또한 대충 처리했다. "좋은 서비스로 모시겠습니다."라는 말조차 안 나왔다. "감사합니다. 또 연락주세요." 말마저 느지막이 튀어나올 뿐이었다.

참담한 결과는 서서히 모습을 드러냈다. 근무태만인 나

의 마음가짐은 일의 전반에 적용되어, 장기적인 파트너쉽에도 영향을 주었다. "○○씨, 이렇게 말씀드려 죄송한데 이번 달까지 계약을 진행했으면 합니다. 아쉽게도 매출에 크게 영향을 주지 못하는 것 같아요." 그간 열심히 살아서 받는 연금이라 생각했던 계약이 순식간에 무너져 내려졌다.

충격을 받고 다음날 출근한 나는 마음을 고쳐 먹었다. 명품 옷 대신 해진 옷을 입었고, 평소보다 늦게 퇴근하면서 일에 몰두했다. 이미 신뢰가 깨진 거래처는 별 수 없었지만 얼마든지 새로운 거래처를 찾을 수 있었다. 그렇게 새로운 클라이언트를 만났을 때, 이제 막 일을 시작한 사람처럼 행동했다. "이 광고 못하면 나 죽어요. 간절합니다."라는 생각이 메시지에 전해지도록 성실하게 대했다.

인생 일대 위기라 인식하니 나태한 마음은 자연스럽게 사라졌다. 시급한 현실에 생각보다 몸이 먼저 움직이게 되었다. 결국 시련을 이겨내고자 하루 종일 문제 해결에 매달리니 방법도 찾게 되었다. 단지 초심을 찾았을 뿐인데 서서히 매출은 복구되기 시작했다.

그때 나는 깨달았다. "아 이 직업을 선택한 이상, 쳇바퀴

굴러가듯 사는 게 정답이구나. 그만큼 돈을 또 버니까 억울하다 생각하면 안 된다. 편안함과 효율을 혼동하지 말자."

노력이 축적되었다는 의미는 그 무엇에도 무너지지 않을 성을 쌓았다는 의미가 아니다. 단지 열심히 살아왔다는 증거일 뿐, 업적을 기리는 일종의 트로피라 생각해야 한다. 그러니 매일 같은 마음으로 초심으로 살아야 한다. 언제든 나는 망할 수 있으니 긴장의 끈을 놓지 않고 살아야만 부와 커리어를 축적할 수 있다. 매일 하는 노력과 성과는 별개로 여길 것. 오늘날 다시 나를 단단하게 만드는 계기가 되었다.

이처럼 살아갈 때 당신도 노력을 배신하지 않길 바란다. 매순간이 고통스러울지라도 피땀 흘려 얻은 대가는 완전한 성공이다. 얼굴을 찌푸리며 "이게 사는 게 맞나?" 싶겠지만 그 덕에 당신은 내일을 꿈꾸고 여전히 잘 먹고 잘 살고 있다. 그러니 일을 하는 이상 힘들다고 말하되, 힘듦은 저버리지 말기를 바란다.

인생은 '실전'이었다

# 그간 걸어온 인생을
# 다시 한번 돌아보다

CHAPTER 3

## 인간관계 잘하는 사람 특징
## : 사람이 아닌 상황부터 믿는다

    개인적으로 철새 같은 인간들을 가장 싫어한다. 그 이유는 단 하나다. '배신의 아이콘이라서' 더 좋은 조건으로 대우한다고 해서 원래 일하던 회사와 등돌리고, 상황이 여의치 않다고 해서 함께 일하던 사람을 배신하는 것처럼 꼴 보기 싫은 것은 없다. 이런 유형의 인간이 과연 있을까 싶겠지만, 사회생활을 하면서 무수히 많이 만나볼 수 있다.

    실제로 뒤통수를 한번 세게 맞아봤다. 사람을 함부로 신용하는 게 아니라는 것을 진작에 알고 있었지만 또 당했다. 역시 열 길 물속은 알아도 한 길 사람 속은 모르는 법이다. 사회에서 알게 된 친한 형이 있었다. 나와 다른 커머스업에 종사하는 사람이었는데 그의 사업에 거액을 투자한 적 있었다. 내가 24시간 일해서 벌 수 있는 돈보다, 단지 돈을 투자해서 수익이 실현된다면 효율적이라는 판단 때문이었다. 더욱이 열정적으로 일을 하는 사람이라는 점 때문에 신뢰가 갔다. 하지만 예상과 다르게 결과는 좋지 않았다. 그토록 신뢰했던 사람이 원금을 가지고 잠적해버린 것이다. 어찌해서 돈을 회수할 수 있었지만, 이유 없이 준 믿음에 대해 새삼 경각심을 느꼈다. 이후로 사람을 믿을 때 다음과 같은 점을 잊지 않았다.

사람은 있는 그대로 믿을 것이 아니라 상황에 의해 신용해야 한다. '이 사람이 잃을 것이 엄청 많은 사람이다. 혹은 절대 연락을 끊을 수 없는 구조에 있다. 그러므로 절대로 나를 배신할 수 없다.' 같은 판단이 설 때 비로소 신뢰의 잣대를 댈 줄 알아야 한다. 단순히 "아 몇 번 만나봤는데 신뢰가 팍 느껴진다." 같은 막연한 생각은 금물이다. 그 사람의 화

술이 얼마나 좋은지, 진실한지 아닌지 알 수 없기 때문이다.

더욱이 사람은 입체적이다. 쓰레기를 함부로 버리는 사람이 신호에 맞춰 횡단보도를 건너는 것과 같은 이치다. 누군가를 배신한 적이 한 번도 없는 사람이라 할지라도 앞날을 쉽게 보장할 수 없는 노릇이다. 인생의 막다른 길에 내몰렸을 때 살기 위해 나를 등 떠밀 수도 있는 것이다.


그러니까 사람을 만날 때는 첫 번째 열린 마음으로 대할 것. "이 사람과 어떤 일을 할 수 있을까? 어떤 능력을 가졌을까?" 검토해볼 필요가 있다. 두 번째 상황에 따라 신용할 것. "이 사람은 적어도 이 일을 하는 동안에는 내 등을 치지 않겠구나." 같은 판단을 내리기 위해, 몇 가지 상황 근거를 조사해야 한다. 세 번째 영원한 적도 영원한 편도 없다. 어제의 적이 오늘의 동지가 되기도 하는 게 사회생활이다. 누군가를 100 프로 믿지 말고 늘 60%까지만 믿어라. 나머지 40%는 의심의 구석으로 남겨둬라.

사람을 만나는 일도 하나의 투자라 생각해야 한다. 인간관계라는 일종의 포트폴리오를 잘 짜야 한다. 마음이든 돈이든 밑천을 다 드러내도록 대하지 말아야 한다. 그렇게 할 때 인간관계이든 사회생활이든 건강하게 잘 유지할 수 있다. 내 마음도 주변의 사람도 지키면서, 풍성하게 관계를 유지할 수 있다. 상황이 아닌 사람부터 믿을 것. 사람을 쉽게 믿고 쉽게 상처받는 당신은 반드시 이 글을 읽어야 한다.

그간 걸어온 인생을
다시 한번 돌아보다

# 이직할 때 사람도 일도 남는
## '2가지 처세술'

**・1. 남는 건 사람이다.**

평생직장이라는 것은 없다. 더 좋은 조건으로 다른 회사에 스카우트되면 얼마든지 옮길 준비를 해야 한다. 함께 일한 이 사람들과 언제든 잘 지낼 수 있다는 생각으로 마음의 선물을 해야 한다. 비록 회사를 옮겨가지만 한 업계에 몸담고 있는 이상 또 만날 수밖에 없다. 혹은 좋은 사업 아이템으로 협업을 요청할 수도 있다. 떠나기 전에 적어도 팀원들에게 작은 선물을 하자. 손편지까지 더할 나위 없

다. 첫인상과 더불어 마지막까지 최고로 남는 사람이 되길
바란다.

### • 2. 평소에 잘해라.

떠날 때 떠나더라도 그동안 함께 일하면서 얼마나 성실
히 임했는가. 떠날 때 회사 사람들에게 피해를 주지 않았
는가. (인수인계나 맡은 일을 끝내고 가는가.) 떠날 때 떠
나더라도 최소한의 의리를 지키기 위해 노력을 했는가.
(회사에 남아 있어야 하는 필요성에 대해 고민한 적 있는
가.) 적어도 이 정도는 충족해야 끝이 아름다운 사람이라
할 수 있다.

갈 때 가더라도 좋은 모습으로 떠나야 한다. 그러려면
평소에 잘해야 한다. 평소 백정같이 굴었는데 유종의 미를
거둔답시고 하는 선물이 의미 있을까? "아 이 사람이 떠나
지 않았으면 좋겠다."라는 생각이 절로 들게 할 정도로, 믿
음직스러운 혹은 성실한 이미지가 구축돼 있어야 선물도
감동으로 전해지는 법이다. 다시 한번 말하지만 평소에 잘
해라. 약속시간 철저하게 지켜라. 남에게 일 떠맡기지 마

라. 사회생활을 보다 열심히 하면서 떠나보내기 아쉬운 사
람이 되어야 한다.

# 성공하고 싶으면 제발
## 마음가짐부터 바꾸세요
### : 안정성에 대한 생각

 

 

퇴근하고 오랜만에 고등학교 친구들을 만났다. 대기업을 다니는 친구, 시청에서 일하는 친구. 사업을 하는 사람은 나뿐이었다. 오랜만에 만나 서로 안부를 묻곤 각자의 삶에 대해 이야기하기 바빴다.

여러 가지 이야기를 나누는 도중 공무원인 친구가 그런 질문을 했다. "재테크는 잘하고 있어? 사업은 한창 잘 벌릴 때가 있다고 하잖아. 물 들어올 때 노 저어야지." 별다른 답을 하지 않고 마냥 웃었다. "나는 주식이나 부동산 이런 건 아직까지 관심 없어. 파이프라인을 많이 만들어서 수익을 극대화하는 게 중요하다고 생각해." 이렇게 구체적으로 이야기하는 게 귀찮기도 했고, 공무원의 인생을 사는 친구가 이를 이해해줄 지 확실하지 않았기 때문이었다. 무엇보다 오랜만에 만나서 의견충돌이 아닌 좋은 이야기만 하고 싶었다.

그렇게 저녁을 먹고 집으로 돌아오는 길. 안정성이라는 의미에 대해 문득 생각했다. "안정성이라.. 뭘 어떻게 해야 안정적인 생활에 접어든다는 거지?" 그런 의문이 계속 들었다. 공무원의 삶을 예로 들어보면 다음과 같다. 60세까지 월 300씩 꼬박꼬박 나온다 치자. 1년에 3600씩을 30년 받으면 11억이다. 세금 떼고 하면 총 9억 정도가 벌릴 것이다. 10억이 안되는 금액을 가지고 평생을 살아야 할 텐데 안정적이라는 의미로 설명할 수 있을까? (물론 순전히 노동수익에 따른 산술치다. 재테크를 잘하거나 맞벌이를 했을 때 혹은 상속을 받았다면 결과는 달라질 것이다.) 9억에 만족하지 않은 사람에게 이와 같은 안정성은 썩 내키지 않는 것이다.

아무렴 안정적으로 10억을 벌어들인다는 보장이 있다는 전제하에, "그 일을 할 것인가?" 나를 콕 집어 물어보면 일말의 망설임 없이 NO다. 나는 100억이든 1000억이든, 아무리 써도 모자라지 않을 상태에서 비로소 안정적인 상태에 접어들었다 믿고 싶기 때문이다. 인생에는 정답이 없다. 이러한 인생관이나 친구의 생각도 존중해줄 필요 있지만, 나의 입장에서 안정성은 아직 먼 나라 이야기라 볼 수 있다.

이렇게 말하면 지금처럼 돈이 잘 벌린다는 보장도 없지 않냐며, 한 가지 반문할 수 있다. 그런 의미에서 재테크를 권한 것일 수도 있지 않냐며 맞받아칠 수 있다. 일리 있는 주장이다. 하지만 내 생각은 좀 다르다. 주식 공부할 시간에 새로운 파이프라인을 팔 고민을 하는 게 현명하다. 결국 에너지에도 총량이 있는데 초보 수준으로 차트를 볼 바에, 잘하는 일을 더 잘하게 만들겠다. 물론 전문가에게 맡길 수도 있겠다. 하지만 나는 그렇게 생각한다. 1억보다는

그간 걸어온 인생을
다시 한번 돌아보다

10억을 10억보다는 100억을 종잣돈으로 쓰는 게, 초보 수준에서 재테크를 할 수 있고 그만큼 고효율적이다.

그 돈을 마련하기 위해 나는 어떤 상황에서도 살아남을 각오가 되어있다. 성과 내는 것에 중독된 사람은 망해도 무조건 다시 일어난다 믿기 때문이다.

대부분 성공한 사람들이 실패한 경험이 있다. KFC를 창업한 할랜드 샌더스만 해도 60세의 나이까지 수백 번 실패를 하고, KFC를 창업하기까지 1008번의 퇴짜를 맞았다. 그럼에도 인생을 역전하였기에 사람들은 KFC 하면 백발의 안경 쓴 할아버지를 떠올리는 것이다. 반드시 될 거라는 자기확신이 있는데 어떻게 실패할 수 있을까. 시련은 있어도 실패는 없다는 말이 그래서 나온 것이다. "나는 잡초처럼 밟혀도 계속 일어나 여러분들에게 존재를 알리리라." 이런 고집이 잠재하고 있다 볼 수 있다.

그리고 월 천을 버는 사람이 수익이 300까지 떨어졌다고 이대로 가만있을까? 어떻게 하든 천만 원을 다시 찍으려 독하게 살 것이다. 일종의 불문율처럼 타율을 3할로 시즌 끝냈으면 그 다음부터 3할 치는 게 쉬운 것을 떠올리면 이해가 쉬울 것이다. 월 1천 벌어본 사람은 망해도 예전 벌이를 회복하게 되어있다. "나는 이 위치에 있을 사람이 아니야." 같은 마인드가 각인되어 있기 때문에, 언제든 재기한다.

이런 각오가 있으니 미래는 더 이상 불안하지 않다. 헤쳐 나가며 찬란하게 빛내야 할 존재로 인식할 수밖에 없다. 애초에 위기는 고려대상이 아니며, 자기확신을 통해서 끊임없이 열정이 재창출 될 뿐이다.

이 글을 읽는 당신도 한번 생각해봤으면 한다. 안정성이라는 의미가 나의 가치관에 의해 해석될 때 적절한지, 흔히 사람들이 말하는 안정적인 일을 하며 그냥 살고 있는 건 아닌지 돌아봤으면 한다. 거듭 강조하지만 주체적으로 살아갈 때 진정한 열정이 나오고 목적에 도달했을 때 만족을 느낀다. 나는 여러분들이 어떤 인생을 살든 응원할 것이다.

# 일 잘하는 사람의
# 2가지 특징

　사회생활을 시작해보면 같은 일을 하더라도 압도적으로 잘하는 사람들을 볼 수 있다. 누구보다 많은 프로젝트를 맡았고 일주일에 미팅만 10개 있는 것 같은데, 표정에는 항상 여유가 넘친다. 누구에게나 주어지는 24시간을 도대체 어떻게 쓰길래 가능한 것일까. 소위 '일잘알'이라 불리는 이들의 특징에 대해 한번 알아보자.

**· 1. 레버러징이 뛰어나다.**

쉽게 말해 효율을 극도로 추구한다. 이를테면 그런 것이다. 어떤 일을 맡게 되어 200만 원을 받았다. 그 일을 하는데 매일 4시간이 소요되는데, 200만 원으로는 도저히 생활이 안된다 여겨질 때 어떻게 해야 할까? 대신 일해줄 사람을 구한다. 200만 원 중에 120만 원 정도를 주는 조건으로 대부분의 일을 맡긴다. 그리고 당신은 80만 원의 차익을 챙기고, 그 시간에 다른 일에 집중하는 것이다. 4시간을 일하더라도 그렇게 몇 가지 일을 할 수 있다면 누구보다 많이 벌 수 있지 않을까.

### • 2. 플랜 B가 있다.

아무리 안정적인 계약도 100% 확실한 건 없다. 불특정한 경우에 의해 언제든 계획이 틀어질 수 있는데, 한 가지 계획에 몰두하고 있으면 곧 생계를 걱정할 수밖에 없다. 혹은 좌절 상태에 빠져 시간과 에너지를 허투루 쓰게 된다.

그러니 여러 굴을 파는 토끼처럼, 최소 세 가지 일을 계획하고 진행하고 있어야 한다. 아무 리스크 없이 순조롭게 잘 진행돼서 세 가지 일 모두 대박이 난다면, 더할 나위 없

는 경제적인 성공을 거둔 것이다. 예상대로 그 중에 하나
가 잘못되어도 여전히 침착할 수 있다. 당황할 필요가 없
기 때문에 나머지 일에 집중할 수 있는 여건이 생긴다. 아
울러 동기부여가 될 수 있다. 남은 일만큼은 꼭 해내야 한
다는 생각으로 의연히 버틸 수 있다.

이처럼 일을 잘하는 사람은 지극히 현실적이고 효율을
중요시한다. 그러니까 일을 그 누구보다 똑똑하게 하는 사
람들이다. 막연하게 무조건 열심히 하는 게 아니라, 일 관
련해 작은 것 하나하나 고민하고 완벽을 향해 실천하는 것
이다. 그런 사람은 잘될 수밖에 없다.

# 매순간 두고두고
# 되새겨야 하는
# 3가지 성공 명언

## ·1. 할 일은 절대 미루지 마라.

대충해도 할 일은 무조건 끝내라. 오늘 미루면 내일 절대 못한다. 오늘 피곤하니까 내일 멀쩡한 상태에서 하면 괜찮을 것이다? 그렇게 미룬 일들을 생각해보자. 오늘 하루가 아니라, 이미 지나간 일들까지 세어보면 깜짝 놀랄 것이다. 더욱이 미루는 일에 죄책감을 느끼지 않았다면, 자기합리화 하는 것이 익숙한 상태라면 위기상황으로 봐야 할 것이다. 미루는 삶을 인생을 서서히 망치게 한다. 이 글

그간 걸어온 인생을
다시 한번 돌아보다

을 읽는 즉시 마음을 고쳐먹어야 한다.

사실 우리 모두 게으르게 살고 싶은 근성이 있다. 조금만 마음가짐이 흐트러지면 나태해지고 나아가 자포자기하고 싶은 마음이 생긴다. 그런 의미에서 할 일은 절대 미루면 안 된다. 끊임없이 엑셀을 밟는 일상을 살아야 한다.

### ・2. 행복할 때 영광에 취해 있지 마라.

어떤 일이든 입문단계를 벗어나 한창 실력이 붙어 승승장구하는 순간이 있다. 그럴 때는 마치 승전가를 부르며 귀환하는 병사들처럼 오만방자해질 때가 있다. 뭘 하든 척척 돈이 벌리니 앞으로도 이 영광은 영원할 것만 같다. 하지만 착각은 금물이다. 마음을 다잡아야 한다. 예선을 합격해 본선을 진출한 선수처럼 더 어려운 경기가 나를 기다린다고 생각해야 한다. 언제든 매출이 깎여 벌이에 매달릴 수 있다는 사실을 기억해야 한다.

### ・3. 우울할 때 마음 가는 대로 행동하지 마라.

반면에 일이 잘 안 풀릴 때도 있다. 잘못한 건 없는데 상황에 의해 시련을 겪어야 할 때가 있다. 그럴 때 나는 다음과 같은 말로 충고한다. 상황이 안 좋은 건 마치 태풍 같은 것이다. 지나갈 때까지 요지부동 자세로 버텨라. 감정적으로 행동하지 말고 할 일에만 집중해라. 비를 맞았다가 우수에 젖어 있지 말고, 바람이 세차게 분다고 "나한테 왜 이런 일이 생길까?" 원망하지 마라. 내가 잘못한 게 아니니까 가만있으면 원래 상태로 돌아가기 마련이다. 우울할 때는 마음 가는 대로 행동하지 않는 것만으로 큰 도움이 된다.

그간 걸어온 인생을
다시 한번 돌아보다

# 당신이 평생
# '돈의 노예'로 사는 이유
## : 수준에 맞게 욕심내기

돈의 노예가 된다는 말이 처음에는 무슨 말인지 몰랐다. 막연히 생각하기에 '돈 때문에 사람 잃고 구두쇠처럼 빡빡하게 군다는 의미인가?' 그 정도 수준으로만 이해할 때는 몰랐다. 하지만 막상 본격적으로 일해보니 그 이치를 알 수 있었다. 회사 매출이 기존 목표량을 상회하는 시기에 우리는 고민에 빠진다. "조금 더 욕심내면 보다 큰 매출을 낼 수 있지 않을까?" 그렇게 깊게 생각하지 않고서 돌이킬 수 없는 선택을 한다.

월 500만 원 이상의 제휴광고가 두건 이상 동시에 들어온 적 있었다. 당시 계정들 포화 상태를 유추해볼 때, 한 건 정도만 받아야 수지 타산이 맞는 입장이었다. 하지만 나는 두 광고를 모두 받고 싶다. 팔로워 5만명 기준의 한계치가 1일 2회 업로드라고 앞서 말했지만, 만약 S급 컨텐츠를 올린다면 상황은 달라질 거라 생각했다. 질 좋은 컨텐츠를 3회 정도 올렸을 때는 알고리즘의 영향을 받지 않을 거라 예상했다. 물론 순전히 개인적인 판단이었다. 이에 대한 확실한 데이터가 부족한 상황에서 실행부터 옮겼다.

결과는 당연히 좋을 수가 없었다. 인스타그램의 경우 피드에 올라오는 당일 게시물의 횟수가 많을수록, 알고리즘 상으로 노출을 일부로 떨어뜨리는 경향이 있다. 그러니까 2회를 올려서 좋아요가 각각 4,000개씩 찍히던 게, 3회를 올리면서 각각 2,000개도 안 나오는 결과치를 얻는 것이다. 3회를 올려서 총 12,000개를 원했지만 1회 올린 것만 못한 성과를 얻었으니 한마디로 대실패다.

왜 그런 무모한 짓을 저질렀는지 후회되지만 당시에는

그간 걸어온 인생을
다시 한번 돌아보다

어쩔 수 없었다. 무려 월 500만 원짜리 광고를 하나라도 더 받고 싶었기 때문이다. 다다익선이라고 생각한 채, 수준에 맞지 않은 욕심을 냈다. 이 선택을 했을 때 닥칠 피해 따위는 생각하고 싶지 않았다. 설령 리스크가 있더라도 열정으로 해결할 수 있다고 믿었다. 지금 다시 생각해보면 그건 현실을 외면한 긍정합리화에 불과했다. 흔히 사람들이 말하는 '돈에 미쳐서' 이성적으로 분간을 못했던 것이다.

그렇게 제휴 기간으로 묶인 1달을 고생했다. 월 500만 원을 더 벌기 위해 들인 고생을 떠올려보면, 득보다 실이 많은 장사였다. 3회 업로드를 정상화 시키기 위해 쏟아 부은 S급 컨텐츠가 몇 십 개인지, 지금 생각해도 너무도 아깝다는 생각이 든다. 해당 계정에 평소보다 많은 시간을 쏟은 것을 생각하면 패착이 분명했다.

조금만 침착하게 생각해보면 분명 '과유불급'인데 이를 '고진감래'라 생각했으니, 결과는 안 좋을 수밖에 없다. 돈은 참으로 영물이다. 정신을 빡 차리고 있어도 기가 막히게 홀려버린다. "사전에 사태를 방지할 수 있었을까?"라는 생각도 무력하게 만든다.

그래서 나는 이와 비슷한 상황에 놓인 사람들에게 다음과 같이 충고한다. 돈을 많이 벌고 싶으면 욕심을 내라. 대신에 욕심의 본질을 알아라. 욕심은 한계가 없다. 동시에 욕심을 채워간다는 건 무척 고된 일이다. 왜 그럴까? 우리가 남들보다 더 잘살고 싶고, 더 부자가 되고 싶은 욕망은 '부재'를 전제로 깔고 있기 때문이다. 가진 게 없기 때문에 더 가지려고 한다. 못살기 때문에 더 잘 살려고 노력하는 것이다. 마찬가지다. 계정상태가 포화가 아니라면 별 생각 없이 받았을 광고를, 포화 상태라서 괜히 설레었던 것이다. 어떻게 하든 다 취해 보려 비정상적인 방법들을 검토하고 있었던 것이다.

그래서 어떤 일을 맡았을 때는 "이 일이 얼마나 고될까?" 검토해봐야 안다. 물론 돈에 사로잡혀 있는 상태에는 이를 정확히 파악할 수 없다. 병실의 환자가 고통의 정도를 1에서 10으로 분류하여 말하듯, 우리도 그들처럼 최대한 간단하게 그러나 명료하게 판단 내려야 한다. 고됨의 정도가 무려 8-9라면 불가능에 가깝다 봐야 한다. 과한 욕심이라 여기며 불가능하다 판단할 줄 알아야 한다.

그간 걸어온 인생을
다시 한번 돌아보다

명심하자. 욕심은 간절한 마음에서 생긴다. 이를 잘 통제하거나 동기부여의 수단으로 활용하는 경우는 '도전하기에 가능할 때'이다. 스스로의 역량을 파악하며 이성적으로 살아갈 수 있길 바란다.

# 뒷담화에 대처하는
## '현명한 자세'

· **"앞에서 못할 말은 뒤에서도 하면 안 된다."**

**사회생활을 하면서 제1원칙을 삼는 인생철학이다.**

광고 일을 하다 보면 별의별 이야기가 다 들린다. A회사 대표가 몇 년 전에 B회사 대표의 여자친구에게 치근덕거렸다는 둥. C회사가 D회사의 저작권을 표절했다는 둥. 알고 싶지 않아도 제3자를 통해 가십거리를 접하게 된다. 그래서 "대표님, 그 얘기 들었어요? 글쎄 말이에요~" 이런 투의 질문이 들어오면 긴장부터 한다. 개인의 사생활에 대하여 소문을 낼 목적으로 혹은 험담을 할 게 분명한데 공조자가 되기 싫기 때문이다. 무엇보다 "그런 일이 있었다고 하네요. 대박이지 않아요?" 하는 말속에 내포된 저의가 수상쩍어 거리부터 두고 싶다. 이건 개인의 아픔을 유희로 삼는 게 아니라, 단합을 통해 한 편이 되자는 의미일 수 있기 때문에 실이 많은 이야기다.

그래서 나는 뒷담에 대해 다음과 같이 대처한다. "아, 그런 일이 있었군요. 저는 별로 관심이 없어서 잘 모르겠습니다." '관심이 없다는' 말로 제3자 이야기는 이제 그만하라는 의사를 은연중으로 밝히는 것이다. 그럼에도 상대가 눈치를 채지 못하면 직설적으로 표현한다. "아 네네. 당사자들이 알아서 하겠죠. 감히 제가 뭐라고 말하기 죄송스럽네요." 이 정도 표현했으면 눈치가 있는 사람이면 그만한다. 결국 뒷담이라고 하는 건 퍼뜨리는 사람 듣는 사람, 상관없이 모두를 해치는 '양날의 칼'이다. 뒷담이라는 역병에 감염되지 않도록 신중에 신중을 기울여야 한다.

## • '영민하게 행동할 것. 뒷담을 하는 사람과도 소원해지지 말 것.'

뒷담을 하는 사람과 애초에 거리를 두면 되지 않냐 생각할 수 있다. 결론부터 말하면 불가능하다. 사회생활을 하다 보면 무수히 많은 경우의 수에 직면하기 때문이다. 회사나 한 조직에서 얽히고설키어 좋든 싫든 대화를 참여해야할 때가 있다. "어디 부서 알죠? 이런 일로 시끄럽다고 하는데 어떻게 생각하세요?" 물었을 때, 눈치 없이 "아뇨. 관심 없어요." 할 수 없을 노릇이다. 이런 상황에서는 최대한 '정보의 언어'를 사용하며 "그런 일이 있었군요. 아니요. 잘 몰랐습니다." 같은 대답으로 일관하는 것이 최선이다. 감정적으로 최대한 공감하지 않으면서 최소한의 중립을 지켰을 때, 뒷담을 하는 사람과도 소원해지지 않을 수 있다.

## • 이렇게 행동해도 물론 고초를 겪게 되어있지만 이것이 최선이다.

낮말은 새가 듣고 밤말은 쥐가 듣는다고 한다. 사실 어떻게 조심을 해도 휘말릴 뒷담화에는 어떻게 하든 휘말려 고초를 겪을 수밖에 없다. 그럴 때는 어쩔 수 없다고 여겨

그간 걸어온 인생을
다시 한번 돌아보다

라. 내 태도 때문이 아니라 불가피한 상황 때문이니, 이때는 상황이 좋아지길 의연히 버티는 것이 최선이다. 당시에는 억울한 심정도 들 것이고 상상도 못할 시련이 찾아오겠지만, 버티면 좋은 순간이 오기 마련이다.

이처럼 뒷담화에 휘말리지 않도록 다각적으로 중립의 자세를 지켜야 한다. 그렇게 했을 때 결국 건강한 인간관계를 유지할 수 있다. 누군가를 욕하지 않고 뒷담에 동조도 하지 않는 사람으로 굳건히 이미지를 구축할 수 있다. 더불어 '신뢰의 이미지'가 쌓이면, 함부로 뒷담화를 요청하는 사람들 주는 현상도 경험할 수 있다.

뒷담화를 들었을 때 보다 현명하게 대처할 수 있길 바란다. 누구와도 섣불리 거리두지 않으면서, 풍성한 관계를 유지할 수 있길 바란다. 적어도 이 세 가지를 명심한다면 분명 그렇게 할 수 있을 것이다.

# 일을 즐기기만 해서는
# 결코 최고가 못되는 이유

### • 1. 애초에 일을 즐기는 사람들과 경쟁하고 있다.

즐기는 자를 못 따라간다고 많이들 이야기한다. 나는 이 말이 정말 쓰레기 같다고 생각한다. 어떤 업종이든 애초에 '일이 너무 좋아 미치는' 사람들과 경쟁 중이다. 그런데 즐기기만 해서 어떻게 그들을 앞서갈 수 있다는 말인가. 단순히 즐기기만 해서는 안 된다. 그건 그저 열정을 불태우기 위한 하나의 독려 차원에서 하는 말일 뿐이다.

당신은 보다 현실적인 의미를 명심하고 있어야 한다. 좋

아하는 일이 싫어지도록 최선을 다해 일에 몰입하라. 좋아
하는 일이 질리도록 24시간 중에 18시간을 쓰면서 일에 '올
인'해라. 흥미가 아니라 보다 좋은 성과를 내는 것을 목적
으로 해라. 적어도 일을 즐기는 사람들과 동등한 경쟁을
펼치기 위해서는, 반드시 그렇게 해야 한다.

### · 2. 당신은 그저 평범한 재능을 가졌을 뿐이다.

즐기면서 성공할 수 있는 사람은, 이미 태생적으로 일을
미치도록 잘하는 능력을 갖췄을 가능성이 높다. 평범한 사
람이 업무 시간을 5시간 할애에 겨우 100을 해냈을 때, 그
들은 웃으면서 단 1시간 안에 100을 해낸다. 한 번 묻고 싶
다. 당신이 '좋아하고 잘할 수 있다는' 그 일에 대해 객관적
으로 따졌을 때, 그 누구보다 뛰어나다 자부할 수 있는가?
아니면 당신이 가지고 있는 평범한 능력 중에 '그나마' 잘
한다고 생각하는 것인가. 살면서 천재 소리를 한 번도 들
어본 적이 없다면 즐긴다는 말을 감히 쓰지 마라. 당신은
그저 평범한 재능을 가졌을 뿐이다.

## • 3. 당신은 금수저가 아니다.

평범한 재능이라 할지라도 충분히 일을 즐길 수 있다. 만약 타고나기를 금수저거나, 재벌가의 자제라면 꿈을 이루기 위해 구태여 최선을 다할 필요 없다. 좋아하는 일을 그 누구보다 잘하는 일로 전환시킬 이유가 없다. 이 일로 생계를 유지하지 않아도 되니까 그럴 걱정은 애초에 고려 대상이 아니다. 취미나 자아실현을 위한 수단으로 일을 하면 되니까. 그런 의미에서 일을 즐길 수 있다.

하지만 이 글을 읽는 대부분은 그렇지 않을 것이다. 이 일을 통해 생계유지는 물론 수익 실현마저 이뤄야 한다. 그런데 즐겨서 큰 수입을 낸다는 것은 불가능에 가깝다. 자신의 처지를 객관적으로 분석했을 때, '일을 즐기자'는 말은 얼마나 잘못되었는지 알 수 있다.

# 내 가족을 챙기면서
# 느끼는 행복

학교를 그만두고 광고 일을 해보겠다 했을 때 부모님으로부터 만만치 않은 반대에 부딪혔다. "학교도 안 나와서 무슨 일을 하겠냐.", "취업 준비 잘해서 좋은 직장 들어가야지." 하며 걱정스러운 눈으로 쳐다보시던 게 기억난다. 무작정 서울로 올라간다고 했을 때에도 부모님은 걱정스러운 눈으로 한숨부터 푹 쉬셨다.

그래서 서울에서 생활하는 한동안은 연락을 안 드렸다.

꿈을 이루기 위해 얼마나 치열하고 살고 있는지, 밤잠 안 자며 고생하고 있는지 대해서 일절 이야기를 꺼내지 않았다. 말해봤자 "그게 왜 그런 고생을 사서 하냐." 혹은 응원보다 걱정부터 하실 게 분명한데 설명할 이유가 없었다. 어느정도 사업이 안정되고 얼마든지 벌 수 있는 위치가 되었을 때서야 비로소, 부모님에게 당당히 말씀드렸다. 광고 대행 겸 여러 커머스 업을 하고 있고, 몇 년 동안 정말 고생 많았지만 이제는 월 억 가까이 벌고 있다고 했다. 그러니 걱정 마라고 솔직하게 털어놨다.

부모님은 그럼에도 매달 억대 수입을 버는 것을 믿지 않으셨다. 아니 걱정 섞인 잔소리부터 하셨다. "사업이 수입의 등락이 심하지 않니. 너무 자만하지 말고 항상 조심하렴."

그때 그 말이 가슴 깊이 와닿았다. 생각해보면 부모님은 부모님 방식 대로 자식이 잘 되길 바라고 있었다. 좋은 직장에 들어가길 원하는 것도 마찬가지다. 안정적인 벌이에서 그저 행복하길 바랬기 때문에 그런 것이었다. 사고방식이 달라 잔소리처럼 느껴질지 몰라도 그것은 분명 사랑이었다. 무엇보다 과거를 돌아보며 느낀 점이 하나 있었다.

부모님은 내가 무슨 일을 하든 노골적으로 반대하지 않았다는 것이다. 몇 마디 내뱉을 뿐이지 "그러지 마라." 강요하지 않았다. 비록 걱정은 되지만 자식이 선택한 삶을 응원하셨다.

고향에 내려와 부모님을 뵙고 처음으로 용돈을 드렸다. 천만 원 정도 드리면서 사고 싶은 거 다 사라고 말씀드렸다. 더 필요하면 더 드리겠다는 말도 잊지 않았다. 내가 그렇게 열심히 돈을 벌었던 이유는, 나 혼자 잘 먹고 잘 살기 위해서가 아니었기 때문이다. 일종의 도리를 다하고 싶었다. 뼈빠지게 일해서 멀쩡한 성인으로 키워준 사람들에게 마땅히 행하여 힘쓰고 싶었다.

그럼에도 불구하고 부모님은 자식에게 걸림돌이 되고 싶지 않다고 말씀하셨다. 돈을 받을 때도 한사코 거절하셨던 걸 생각하면 우리 부모님에게 더욱 잘하고 싶다.

오직 개인의 노력만으로 성공하는 경우는 없다. 이처럼 삶의 지탱하게 해준 사람들이 있기에 잘될 수 있고, 더 나은 삶을 꿈꿀 수 있다. 부모님은 어쩌면 나의 가장 큰 동기부여다. 부모님에게 당당히 인정받고 싶다는 생각이나, 더 좋은 선물을 해드리고 싶다는 생각으로 여태 버틸 수 있었다.

그래서 번아웃도 오지 않았다. 문득 '왜 돈을 버는가?' 의문이 들 때면, 부모님과 좋은 집에서 좋은 음식을 먹는 상상을 하면서 견뎌냈다. 나아가 좋은 사람을 만나 예쁜 가정을 꾸리고 싶다는 꿈을 꾸었다. 살아갈 이유는 계속해서 충전될 수밖에 없다.

이 글을 읽는 당신도 생각했으면 좋겠다. 일을 하는 이유가 단지 경제적인 성공이나 열정에 의해서가 아니라, 인생을 지탱해주는 사람과 행복하기 위해서는 아닌지 대해서 생각했으면 좋겠다. 열정을 불태울 때는 또 다른 열정으로 기름 붓는 것만큼 좋은 게 없다. 하지만 그만한 열정도 의미 없다 느껴질 때 사랑하는 사람의 응원만큼 도움되는 건 또 없다.

그러니 열심히 살고 열심히 번 돈으로, 열심히 사랑하고 또 꿈꾸길 바란다. 어쩌면 인생의 가장 큰 행복일 수 있다.

그간 걸어온 인생을
다시 한번 돌아보다

# 성공에 필요한 건
## '재능'보다 '성실'입니다

　정말 다양한 사람을 만나봤지만, 재능이 많은 사람보다 열정에너지가 많은 사람이 낫다는 것을 느낀다. 타고난 일머리가 없어도 뭐든 열심히 배우려고 하는 사람. 열정에 미친 사람은 결국에 인정받는다. 반면 가진 재능이 많고 눈치도 있는데, 게으르고 염치가 없는 사람은 도태된다. 가진 재능을 편히 일하는 것에 쓰니 주변 사람들이 기피하기 때문이다.

　그래서 많은 사람들이 '성실과 재능' 둘 중에 성실을 택한다. 일이야 가르치면 된다. 가르친 대로 제대로 따라오는 사람을 보다 중요하게 여긴다. 근무태만 때문에 하는 실수보다는, 초기에 일하는 과정에서 하는 실수가 차라리 낫다고 판단한다.

만약 이 글을 읽는 당신이라면 어떤 사람과 일하고 싶겠는가. 나라면 일을 좀 못해도 성실한 사람에게 러브콜을 보내고 싶을 것이다. 더욱이 외주를 맡겨야 하거나 직원으로 채용할 인재라면 설명할 필요도 없다. 타고나길 부지런한 친구들은 수습기간 동안 잘만 교육시켜도 믿음직스러운 존재로 거듭난다. 어차피 신입에게 특별한 성과를 기대하는 것이 아니니, 맡은 업무만 충실히 이행할 것을 바라기 때문이다. 이때 필요한 건 성실이고 끝까지 해낼 끈기다. 그런 점에서 특별한 재능은 그다지 메리트가 없다 볼 수 있다.

이를테면 게시물 업로드나 컨텐츠 제작 업무를 맡겼다고 가정해보자. 이 업무는 지극히 반복적인 성질을 지녔다. 정해진 시간에 빠짐없이 업로드 예약을 걸고, 게시물 노출에 대한 데이터를 수집하는 일이라 할 수 있다. 한번이라도 대충했다가 어떻게 될까? 큰일난다. 광고 일정이 틀어질 수 있다. 업로드 될 게시물이 뒤섞여 엉망진창이 될 수 있다. 쉬운 업무지만 기반이 되는 작업이니, 다름아닌 성실의 끝판왕에게 맡겨야 하는 것이다. 효율적으로 일한답시고 편법을 쓰는 사람에게 맡긴다면? 상상도 하기 싫다. 내가 재능보다 '타고난 성실'을 선호하는 첫 번째 이유다.

아무리 그래도 똑똑한 사람은 달라도 다르지 않겠냐고 반문할 수 있겠다. 하지만 나는 그렇게 생각한다. 고등교육까지 받았고 바보 소리 듣지 않는 이상, 평균 수준의 재능은 누구나 갖추고 있다. 하나를 알려주면 다른 하나를 까먹는 정도가 아니라면, 내가 더 고생해서 가르치면 될 일이다. 하나부터 열까지 모두 알려줬을 때, 이를 수십 번 연습하는 사람은 결국에는 '단련된 재능'으로 거듭난다는 뜻이다. 그래서 타고난 성실함은 그 성장 에너지가 무궁무진하다.

어느 마케팅 회사에서 누누이 강조하는 말이 있다. "저희는 직원을 뽑을 때 밤늦게도 소통할 수 있는 사람을 뽑습니다. 워라밸을 꿈꾸신다면 지원하지 마세요. 좋은 아이디어가 떠오르면 새벽 4시에도 메시지를 주고받을 수 있는 사람. 그런 분과 함께 일하고 싶습니다."

이런 사람들이 모인 회사는 클라이언트 입장에서 외주나 계약 같은 것을 더 챙겨줄 수밖에 없다. 융통성 없어 보이지만 하나의 가치를 우직하게 추구하는 것. 돈 주고 맡기는 입장에서 그런 기계 같은 공동체에 보다 신뢰가 갈 수밖에 없다. 성실로 가득 무장해서 나아가 일을 잘할 수밖에 없는 사람들로 인식될지 모를 일이다. 내가 재능보다 '타고난 성실'을 강조하는 두 번째 이유다.


이 글을 읽는 당신도 성실과 재능에 대해서 한 번 생각해 봤으면 좋겠다. 어떤 직책을 맡았든 어떤 일을 하고 있든 언제나 열정적인 태도를 유지해야 한다. 1년 활활 불타오르고 사그라들 열정이 아니라, 매일 매순간 매초 미친 듯한 열정이라면 더더욱 그렇게 해야 한다. 무언가를 잘하는 것도 중요하지만 중요한 건 '꾸준함'임을 기억해두자. 당신이 성실한 사람이 되길 원한다면 꾸준한 태도를 통해 이를 증명할 수 있고, 사람들에게 인정받을 수 있다.

그간 걸어온 인생을
다시 한번 돌아보다

# 항상 잘 될 수밖에 없는
# 선택을 하는 부자들의 태도

### · 1. 완성도보다는 속도를 중시한다.

어떤 프로젝트를 맡았을 때 정해진 기간이 있다고 가정해보자. 이 일을 완벽하게 끝내고 클라이언트에게 인정받는 방법은 무엇이 있을까. 꼼꼼하게 준비해서 후일 성과를 인정받는 것? 장기적으로 맞는 말이지만 당장으론 그다지 효율적인 선택이지 못하다. 왜냐하면 일을 할 때도 첫인상이 중요하기 때문이다.

그러니까 정해진 기간에 맞춰서 아니라 신속하게 끝내

는 것. 10일 걸릴 거 5일 안에 끝낸다면 클라이언트는 분명 놀라운 표정을 지을 것이다. 물론 '보여지기에' 완벽해야 하고 평균 이상의 성과를 내는 작업물이어야 한다. 구태여 완벽 이상의 성과물을 낼 필요 없다. 이를테면 80-90% 정도의 퀄리티면 된다. 120-150%의 성과를 낼 바에, 빠르게 척척 해내는 이미지를 보여주면서 '일 잘하는 이미지'를 구축하는 것이 현명하다.

### • 2. 직감 속에서 현명한 선택을 하는 법을 길러라

직감은 굉장히 중요하다. 이 일이 나에게 돈을 얼마나 벌어줄 것인지 아닌지 직감적으로 알아야 한다. 몇 가지 언뜻 보기에 좋은 제안을 받았을 때, 무엇이 똥인지 된장인지 구분할 능력을 길러야 한다. 이를테면 그런 것이다. A일은 나에게 월 1000만 원을 벌게 해주는 대신 장기적으로 유지될 보장이 적다. B일은 월 300만 원을 벌게 해주는 대신 장기성이 확실히 보장된다. 이때 A를 선택했을 때 월 1000만 원을 벌기 위해, 돈 주는 사람의 눈치를 살펴야 하고 끊임없이 나은 성과를 내야 한다. B를 선택했을 때 월

300만 원에 만족하고 다른 일을 찾으며 수입을 파이를 늘리는 시도를 한다. 어떤 선택도 정답은 없다. 일장일단이 있을 뿐이다.

이처럼 부자가 되기 위해서는 한 가지 선택을 하더라도, 여러 가능성을 따져 봐야 한다. 수입과 장기성, 업무 능력, 혹은 적합도까지 고려해봐야 한다. 여러 불특정한 변수를 고려하여 타당한 결정을 내릴 줄 알아야 한다. 그렇게 정답은 없지만 나름 만족스러운 결정을 할 때 후회가 적은 법이다. 부정적인 면까지 파악한 뒤에 내린 결정은 리스크에 대한 대처능력 또한 평소보다 상승한다. 이는 곧 최선의 선택, 최상의 삶으로 이어진다.

## 돈을 많이 버는 것과 별개로
## 품격 있는 사람이 되는 법

**• 1. 함부로 조언하지 않는다.**

가진 게 없을 때는 말을 조심해서 하던 사람이, 능력과 지위를 갖추니 조심하지 않고 방만하게 행동하는 경우가 있다. 그 이유로는 더 이상 눈치 볼 필요 없는 재력을 갖춰서, 멘토의 입장에 있다고 판단해서 등이 있다. 어떤 이유든 거침없이 내뱉는 언행 자체에는 문제가 따른다. 따끔하게 조언해주는 것이 옳다 여겨질지 몰라도 상대에게는 상처가 될 수 있다는 사실을 기억해야 한다. 그래서 말을 할

그간 걸어온 인생을
다시 한번 돌아보다

때는 항상 상대의 기분부터 살펴야 한다. 상대가 요청하지 않는 문제에 대해서는 섣불리 조언을 제시하면 안 된다. 누군가 도움을 요청했을 때 상대의 눈높이에서 말하되 존중하는 태도를 취해야 한다. 이처럼 말과 행동을 절제함으로써, 자연스럽게 나의 품격이 높아지도록 태도를 바꿀 줄 알아야 한다.

### • 2. 자신의 부를 과시하지 않는다.

부자가 되어도 품격 있는 사람은 절대 자랑하지 않는다. 자신의 부에 취해 있지 않는다. 과거의 영광을 치켜세우는 것 자체만으로 스스로의 한계를 인정하는 꼴이 되기 때문이다. 그래서 과시보다는 겸손의 자세를 취한다. 아직 부족한 사람이라면서 스스로를 한없이 낮춘다. 동시에 사람들의 재능을 관찰하면서 그들의 말에 초점을 맞춘다. 더욱이 상대의 장점을 포착했을 때 좋은 말과 칭찬을 통해 일에 꼭 필요한 점을 배워간다. 이처럼 자신의 부를 과시하지 않으면서, 품격 있는 사람들은 과거보다는 현재를 택한다. 명분보다는 실리를 선호한다.

### •3. 천박하게 굴지 않는다.

품격 있는 사람은 사람과 사람 사이의 예의를 중요시한
다. 자신이 부를 쌓게 된 이유는 스스로의 노력뿐만 아니
라, 부를 쌓도록 도와준 불특정 다수의 지지가 있었다는 것
을 알기 때문이다. 그래서 범사에 감사한 태도를 유지하
되, 천박하게 굴지 않도록 언제나 마음가짐을 살펴본다.
흔히 갑질을 통해 남을 업신여기는 행동은 결코 하지 않는
것이다. 잠시 백화점 VIP룸에 머무는 상황이라면, 직원들
에게 깍듯이 경어를 사용하거나 친절한 미소를 유지하면
서, 서비스를 제공하는 직원에 대한 감사를 표현한다. 이
처럼 자신의 부를 치켜세우지 않는 사람은 존중 받을 수밖
에 없다. 품격 있는 부자로서 자연스럽게 상대방으로 하여
금 존경심을 갖게 한다.

# 인생은 아름다워

## CHAPTER 4

## 성공한 인생을 살기 위해
## 반드시 버려야 할 생각

이 일을 하면서 힘들었던 점 하나를 꼽으라고 하면, 그것은 사람들에게 무시당한 것이다. "감히 누가 너를 무시하겠냐?" 그 이유에 대해 물으면 광고 일이라는 게 존경받지 못하는 직업이기 때문이라 말할 수 있다. 좋게 말해 뉴미디어 마케팅이지, 흔히 생각하기에 부업 정도로 생각할 수밖에 없으니까 어쩔 수 없다. 바라보는 시선이 어디 고울 수 있겠나. "저 새끼는 누가 만든 게시물 퍼와서 돈 벌고 있네." 같은 비아냥을 들어야 한다. 설령 내가 그렇게 행동하지 않더라도 별 수 없다. 비정상적인 방식으로 돈을 버는 파렴치한이 있다면, 일종의 연대책임을 질 줄 알아야 한다.

하물며 업종에 대한 비난만 있는 건 아니다. 나라는 사람 자체의 부정적인 견해도 종종 있다. 대학교도 나오지 않는 놈이 대표직을 맡고 있다면서 소위 '전통적인 코스'를 밟지 않았다고 무시한다. 매월 순수익만 몇 억씩 갱신해도 별 소용이 없었다. 매번 다른 방식으로 비아냥댄다. 이를 테면 "이 세상은 돈이 전부가 아니야." 혹은 "사람은 명함을 주고받으면서 서로의 위치를 확인하는 거야." 같은 말들로 어떤 방식이든, 나를 평가절하 시키려고 끊임없이 비난한다.


처음에는 이 말들이 너무 싫었다. 현실부정이 아니라 이렇게 열심히 사는데 무시당하는 게 억울했다. '개소리하고 앉아 있네' 라며 분통을 터트리기 일쑤였다. 그러다 하루는 문득 한 가지 궁금한 점이 생겼다. "그동안 참 열심히 살았다고 자부하는데, 대체 얼마나 완벽해야 괜찮은 인생인가?" 수없이 많은 고민을 해봤지만 결론은 '나도 잘 모르겠다'였다. 이렇게 해도 욕을 먹고 저렇게 해도 욕을 먹는 것. 돈을 벌면 학력을 논하고, 학력이 있으면 밥벌이를 논할지 모를 일이다.

한 가지 분명하게 알 수 있는 건 "참 열심히 살았다고 자부하는데, 절대 완벽해질 수 없겠구나. 과거의 내가 어떤 선택을 하든 세상은 어떤 방식으로든 무시를 할 수 있는 거구나." 정도였다. 인생은 의식하면 할수록 고통이었다. 세상은 영원히 내 편이 아니라는 것을 속절없이 받아들였다.

세계적인 철학자 쇼펜하우어는 다음과 같은 말을 했다. "인생은 고통이다. 고통이라 생각할 때 한결 마음이 편해진다." 그는 고통과 고난은 삶의 본질이라 봤다. 끝내 내 것이 될 수 없는 것을 갈구하고 있으니, 그러한 욕망이 스스로를 깎아 먹게 된다고 말했다.

그 말을 읽으며 생각했다. "열심히 사는데 인생이 부질없다고 느끼는 이유는, 내가 너무 많은 것을 품고 바라고 있었기 때문이구나. 이 세상에는 다양한 잣대가 있는데 모든 것을 만족시킬 인생은 없는 거지." 그렇게 고통을 해결해야 될 문제가 아니라, 경험하는 대상 중에 하나로 여기는 법을 배우기 시작했다. 쓸데없이 걱정하지 말고 그저 해야 될 일만 생각했다. 여러 세상의 시선은 신경 쓰지 않고 자기다움을 찾으려 애썼다.

과거의 욕구에 따라 힘들게 일궈낸 현재의 성과만을 뿌듯하게 여기기로 했다. 여러모로 부족한 인생이지만 돈을 엄청 벌었으니 다행이라는 생각을 했다. 학업의 성공이나 명예지위 같은 것을 의식하지 않기로 했다. 다 잘되고 싶어 성공을 지나치게 의식하지 않기로 했다. 그렇게 마음을 한결 내려놓으니 소음은 더 이상 고려대상이 아니었다.


이와 비슷한 처지에 놓은 사람도 있을 것이다. 그들에게 말한다. 마음을 내려놓되, 가고자 하는 길 하나만 신경 써라. 모두를 만족시키는 정답은 없다. 어떻게 하든 세상은 당신을 조롱할 테니까. 다만 현혹되지 말아라. 이따금씩 뒤통수 치는 세상에게 유쾌하게 웃으며 뻑큐를 날려 주길. 그렇게 인생을 마이웨이로 살아갈 때 행복할 수 있다. 그리고 그 태도가 당신의 앞날에 밝게 빛날 등불이 되어줄 것이다.

## 성공하는 사람 90%가 쓰는 말투, 성공을 이끄는 말습관

### • 1. "나 자신에게 고맙다."

반드시 무언가를 잘해서, 뚜렷한 성과를 내서 '고맙다'라고 말하는 것이 아니다. 무언가를 해내는 것 자체만으로 잘해주어서 고마운 것. 결과적으로 조금 부진한 성과라도 끝까지 해준 것으로 고마우니, "나 자신에게 고맙다."라고 스스로 말할 수 있는 것이다. 성공하는 사람들은 이처럼 스스로를 무척 아끼고 또 사랑한다. 잘났든 못났든 상관없이 스스로를 귀히 여긴다. 그러니 부진한 성과도 거듭 나아지면서 누구도 인정하는 결과물을 만들어내고, 어떤 시련에서도 버텨내는 강인한 정신력이 탄생하는 것이다.

### • 2. "실패 좌절, 이 모두 나를 성장시킬 자양분이 될 거야."

조금 서툴러도 괜찮다. 처음 살아보는 인생인데 처음부터 완벽하면 그게 더 이상한 것이다. 성공하는 사람들은 그래서 끈기가 있다. 첫술에 배부르지 않고 하나씩 이뤄가며, 성공에 대한 확신을 다진다. 문제점에 대해 해결책을 찾고, 해결방안을 고민하는 과정에서 성장한다.

### • 3. "지금 이 순간, 최선을 다하는 내 모습이 너무 좋아."

과거는 흘러간 그대로 내버려둔다. 미래는 다가오기에 한참 멀었으니 딱히 생각하지 않는다. 현재 당면한 문제에 있는 힘껏 몰입하고, 지금 이 순간 최선을 다해 살아가는 나에게 집중한다. 주어진 본분을 받아들이고 현재 속을 살아간다. 살아있는 감정을 최선이라 여기며 살아가니, 인생은 만족스러울 수밖에 없다. 이처럼 과거나 미래가 아닌 현재를 꿈꾸고 살아가는 사람들은 늘 설레고, 매일 다른 인

인생은 아름다워

생을 살아간다. 그러니 지금 이 순간, 최선을 다하는 자신의 모습이 좋을 수밖에 없다. 또한 현재를 살아가는 사람은 미래를, 또 다른 현재라 생각하기 때문에 더더욱 잘될 수밖에 없다. 현재의 힘은 실로 대단하다.

### · 4. "오늘은 고생한 나에게 좋은 선물을 해야겠어."

고생했다는 말 한마디로는 도저히 수고를 메꿀 수 없을 때, 우리는 스스로를 위한 작은 선물을 한다. 그것이 옷이든, 먹을 것이든 상관없이 아낌없이 베푼다. 크게 고생한 날일수록 큰 보상으로 스스로에게 안식처를 제공한다. 이처럼 끊임없이 성취에 대한 보상을 하는 사람은, 행복한 것은 물론 끊임없이 성장할 수 있다.

# 인생을 의미 있게 만드는
## 4가지 기둥

### • 1. 매월 최고점을 갱신하는 수익

월 천만 원을 벌었을 때의 기쁨은 말로 이루어 설명할 수 없었다. 하지만 이에 안주하지 않고 끊임없이 욕심을 내어 월 이천, 삼천, 사천. 기어코 일억을 찍을 때는 하늘을 날아갈 듯 기뻤다. 돈을 정말 많이 벌어보니 세상이 달리 보였다. 더 좋은 곳에서 좋은 음식을 먹으면서, 머릿속에는 좋은 생각들만 가득해졌다. 무엇보다 시간도 돈도 있는 상태에서 인생을 낙관적으로 볼 수 있는 것이 좋았다. 돈을 좇

인생은 아름다워

으면 안되지만 돈이 있으면 확실히 세상살이는 아름다워
진다.

### • 2. 매달 떠나는 여행

한창 일에 치여 살다 보면 "나는 왜 이렇게 열심히 살
지?" 하며 회의감에 빠질 때가 있다. 일에 매몰되다 보면
'있는 그대로의 행복'을 잃게 될 수 있다. 그럴 때 스스로에
게 보상을 하는 목적으로 여행을 다녀와야 한다. 꾸준히
일을 할 수 있도록, 현재의 삶에 보다 집중할 수 있도록, 그
런 의미에서 여행은 필수적이다. 낯선 세상에서 "아 이 맛
에 내가 돈을 버는구나." 다시금 일을 하는 이유에 대해 되
새길 때, 스스로를 어여쁘게 여길 수 있다.

### • 3. 오래간만에 연락한 친구

바삐 살다 보면 기존의 인간관계에 신경을 쓸 수 없을 때
가 많다. 그 사람과 거리두고 싶어서 그런 게 아니라, 일에
치여 살다 보면 그 밖에 것들에 쓸 에너지 자체가 없기 때
문이다. 그래서 많은 사람들과 소원해지는데, 가끔 오래된

친구로부터 메시지가 날아올 때가 있다. "소식 들었다. 이야, 열심히 살더니 결국에 성공했구나! 축하한다." 같은 말로 안부를 물을 때, 더할 나위 없이 감동을 느낀다. 아무리 오래된 친구라도 이어질 사람은 어떻게 하든 이어지는구나 하며 안심하게 된다. 더불어 나를 믿어주는 사람이 있다는 것 하나로 힘이 불끈 솟는다.

### • 4. 퇴근하고 마시는 맥주 한 잔

퇴근을 하고 집으로 돌아와 냉장고부터 찾는다. 옷을 갈아입지 않은 상태로 맥주 한 캔을 뜯고, 창밖을 보면서 이런저런 생각에 빠진다. "오늘 하루도 고생 많았네. 내일은 더 열심히 살아야지." 이 때 낭만적인 분위기의 팝송을 틀어주면 더할 나위 없다. 형체가 없는 이 성취감을 맥주로 노래로 표출해낸다고 할까. 기쁜 감정을 여러 수단을 통해 극대화 시킨다. 더더욱 인생을 낙관적으로 보게 만든다. 인생을 보다 농밀하게 즐길 수 있다.

# 신플랫폼 진출에 대한 생각

계정으로 밥 먹고 사는 사람들이 곧잘 품는 꿈이 하나 있다. 새로운 플랫폼에 빠르게 진출하여 독자적인 생태계를 구축해보겠다는 것. 독점에 가까운 선점을 하게 되었을 때 그만큼 계정에 파급력이 생길 테니, 매출은 비약적으로 상승할 거란 전망을 내놓는 것이다.

하지만 많은 사람들이 부진한 성과와 함께 허탈한 채로 돌아온다. 신플랫폼 진출이란 마치 신대륙을 찾는 탐험과 같다. 생각보다 노력 대비 얻어지는 성과에 대한 효율이 떨어진다. 무엇보다 시간적 에너지적 소비가 크다. 결국에는 본인들이 기존에 구축한 플랫폼에 돌아오기 일쑤다.

　나는 그래서 업계 사람들을 만날 때마다 한마디씩 충고한다. "잘 터질 플랫폼은 알아서 터지게 되어있으니 우린 우리 할 일만 하면 되는 거 아니겠어요?" 엄연히 따지면 우리의 목적은 돈을 잘 버는 것 그 이상 그 이하도 아니기 때문이다. 연구자나 탐험자의 자세로 시장의 활로를 뚫을 필요까진 없다. 물론 시장 자체가 정체되어 있으면 머지않아 모두가 밥벌이를 걱정해야 하겠지만 미리 걱정할 이유는 없다.

　이렇게 말하면 한 가지 질문을 받을 수 있다. 왜 그렇게 신 플랫폼 진출에 대해 회의적인지, 뼈아픈 경험을 해봤는지 물어볼 수 있다.

　나도 처음부터 신플랫폼 진출에 회의적이었던 것은 아니다. 오히려 호의적이었다. 후발주자의 입장을 누구보다 잘 알았기 때문이다. 팔로워를 우선적으로 확보하게 되었을 때 그만큼 해당 플랫폼에서의 광고 단가는 올라가기 마

　　　　　　　　　　　　　인생은 아름다워

련이다. 정확히 말하면 갑의 위치에서 원하는 가격으로 진행할 수 있다. 하지만 후발주자 입장이라면 제시하는 단가에 맞춰 따를 수밖에 없다. 속되게 표현하면 "너 말고도 광고 받을 사람은 많으니 싫으면 관둬!" 같은 것이다. 그래서 늘 선두주자가 되길 희망했고, 질적으로 우수한 플랫폼이 나오면 거기서 최고가 되어야겠다 줄곧 생각했다.

2019년쯤, 한창 '틱톡'이라는 어플이 SNS플랫폼 상으로 인기가 있을 때였다. 사용자 1억명이라는 수치와 함께 '숏-동영상'이라는 컨텐츠에 무한한 매력을 느꼈다. 10장을 꽉 채운 사진 게시물조차 읽기 귀찮다는 사람이 많은 요즘, 시기적절한 플랫폼일 생각했다. 시각적으로 빠르게 접할 영상인데다 1분 내외의 분량이라면 반드시 뜰 거라는 예측이 들었다.

하지만 인사이트가 제로인 상태에서 접근은 쉽지 않았다. A부터 Z까지 기반을 다져야 할 때 여러 애로사항에 부딪혔다. '사진에서 동영상 형태로 게시물을 전환할 때 어떻게 해야 효율적인가?', '어떻게 하면 사람들에게 매력적인 컨텐츠로 다가갈 것인가.' 검토해야 할 것은 많았지만 그럴 시간도 여력도 없었다. 결국 여러 틱톡커들의 계정을 살펴보며 눈동냥 귀동냥하는 것이 최선이었다. 결국 열정만 잃고 다시 인스타그램, 페이스북으로 돌아왔다.

나는 여기서 한 가지 깨달음을 얻었다. "남들이 안 하는 걸 먼저 시작하면 그만큼 어려움에 닥칠 수밖에 없구나." 변화에는 언제나 희생이 따르니 일장일단에 주목할 필요가 있었다.

그래서 선점을 한다는 건 말처럼 쉽지 않은 일이다. 먼저 자리를 꿰차는 만큼 누구보다 많은 노력을 요한다. 이를 감당할 만한 여건이나 간절한 이유가 없다면, 시장이 활성화되길 기다리며 할 일에 집중하는 것이 최선이다. 현재 벌이에 불만족스럽다고 이상한 모험을 할 필요는 없다는 것이다. 그럴 시간에 제 분야에서 역량을 펼치며, 할 수 있는 것에 집중하는 게 여러모로 현명하다.

이 글을 적는 이유는, 정답 없는 인생을 살아가는 당신에게 한 가지 깨달음을 주기 위해서다. 항상 모든 일을 객관적인 입장으로 대해라. 흥미에 한껏 도취된 일일수록 '문제점은 무엇인가?' 검토하며, 얻는 것과 잃는 것에 정확한 저울질을 해봐야 한다. 앞서간 사람은 고생에 대한 보상을 충분히 받고 있는 것이기 때문이다. 막연하게 억울하다고 불평해서도 안 될 것이다. 그러니 보다 현명하고 나에게 이로운 선택을 하며, 인생이라는 빈칸에 나만의 정답을 채워 나가길 바란다.

# 인생을 역전하기 위해 반드시 지켜야 하는 '역전 생활 습관'

### • 1. 일어나는 즉시 이불 개기

잠에서 깼을 때 대부분의 사람들이 멍-한 상태에 빠져 있다. 30분이고 1시간이고 아무것도 하지 않는 상태에서 시간부터 허비하고 있다. 인생을 역전하는 사람들은 이 시간마저 아깝다고 생각한다. 그래서 '이불 개기'처럼 간편한 일로 '하루에 대한 몰입'을 시작한다. 일종의 워밍업이다. 이불의 각을 맞추면서 여러 능동적인 생각들은 한다. "오늘 하루도 열심히 살아야겠다." 단순히 이불을 정리했

을 뿐인데 잠에 취한 상태는 온데간데없다. 그렇게 게으름
피우는 시간을 방지하면서 다른 이들보다 훨씬 많은 것을
해낸다.

### · 2. 시간 내어 독서하기

인생을 역전하는 사람들은 독서에 대해 적극적이다. 아
무리 바빠도 30분의 시간은 할애한다. 몰랐던 정보를 습
득하고, 필요한 지식을 체득하면서 업무에도 적용할 수 있
기 때문이다. 그래서 이들은 30분 간 독서를 하더라도 매
우 공격적인 태도로 탐독한다. 중요한 부분은 집중해서 읽
고 메모도 한다. 단순히 '그런 정보가 있구나' 생각하는 게
아니라, 제대로 공부해서 임계점을 넘는 것에 집중하는 것
이다. 그렇게 충분히 지식을 내 것으로 체화하면 인생 전
반에 많은 변화가 일어난다. 새로운 지식과 기존의 행동이
충돌을 일으켜 고정관념을 깨는 계기가 될 수 있다. 기존
의 습관에서 부족한 점을 찾아 혁신을 만든다. 물론 이러
한 현상은 쉽게 일어나지 않는다. 하지만 단 1%의 확률이
우리 인생을 역전시키는 중요한 계기를 만든다.

## · 3. 생각 정리하기

열심히 살아갈수록 잡생각은 많아진다. 더 잘되고 싶고
발전하고 싶은 애정으로 가득 찬다. 때로 수많은 아이디어
에 둘러싸여 주저하게 된다. 시련에 봉착했을 때는 하루빨
리 이겨 내기 위해 다양한 해결책을 고민하느라 하루를 낭
비한다. 그래서 인생을 역전하는 사람은 일하는 시간과 별
개로, 혼자 생각을 정리하는 시간을 가진다. 명상이나 산
책을 통해 마음을 중심을 잡는다. 다소 차분해진 상태에서
핵심 해결책을 찾아낸다.


## · 4. 자기계발

인생을 역전할 수 있는 이유는 자기계발에 있다. 이들은
무지의 영역에 대한 무한한 호기심을 가지고 있다. 그래서
독서든 외국어 공부든 경제 공부든, 일과 상관없는 것에서
도 배우고 싶은 의지를 적극적으로 표출한다. 본업과 상관
없는 일이라고 할지라도 다양한 영역에서 자신의 역량을
키우면, 머지않아 나의 일로 연결될 수 있다는 이치를 알기
때문이다. 그렇게 어제보다 오늘 더 발전하고, 성숙한 마

인드로 세상을 살아간다. 이들은 결코 다른 이들에게 뒤처질 수 없다. 어제의 나를 역전하여 끊임없이 앞서갈 수밖에 없다.

# 부자들의 휴식시간
## 200% 활용법 3가지

부자들은 혼자 있는 시간을 누군가와 함께 일하는 시간만큼이나 중요하게 생각한다. 혼자 있는 시간이야말로 스스로를 재정비하기 좋은 때이고, 미래의 목표를 구상하기 알맞은 시간대이기 때문이다. 그래서 부자들은 혼자 있을 때 단순히 시간을 잡아먹는 행위들을 하지 않는다. TV시청이나 게임 같은 무의미한 짓. 혹은 아무 이유 없이 사람들을 만나 노는 것들을 절대적으로 피한다. 그렇다면 부자들은 혼자 있을 때 무엇을 하며 보내는 것일까? 평범한 사람들과 어떤 차이점을 보이는지 알아보자.

### • 1. 앞으로 해야 될 일을 정리한다.

하루 대부분을 워커홀릭으로 보내는 이들은, 무언가를 해내는 속도만큼이나 방향 또한 중요시한다. 지금 하는 일을 제대로 하고 있는 건지, 이 일을 하는 목적이 무엇인지, 혹은 이 일을 함으로써 어떤 기대효과가 있는지 다시 한 번 되새긴다. 폭주기관차처럼 무작정 달리다 보면 가끔 의도하지 않는 방향으로 흘러갈 때가 있기 때문이다. 그래서 부자들은 혼자 있는 시간을 활용해 목표에 대해 끊임없이 생각한다. 일이 보다 효율적으로 잘되기 위해서 혼자 있는 시간조차 그들이 열심히 살아가는 이유다.

### • 2. 오늘 느낀 감정을 되짚어본다.

부자들은 무슨 이유가 되었든 이성적으로 행동하는 것을 원칙으로 한다. 행복할 때 약속하지 않는다. 불행할 때 어떤 행동도 하지 않는다. 이처럼 부자들은 자기통제의 승부사들이다. 하지만 사람은 감정을 느끼는 동물이라 이성적으로 행동하기에 때로 부적합할 수 있다. 그래서 시시때때로 스스로의 마음을 살피는 태도가 필요한 것이다. 부자들은 이를 보다 효율적으로 관리하기 위해 혼자 있는 시간대를 활용한다. 지금 내 몸과 마음이 어떤 상태인지, 얼마나 스트레스를 받고 있는지 점검한다. 현재의 감정에 주의를 기울이면서 '나'를 잘 살피는 것이다. 이를 통해 이성적인 태도를 꾸준히 유지할 수 있도록 한다.

### • 3. 명상을 한다.

부자들은 정신적, 신체적 건강을 위해 명상을 한다. 부자들일수록 업무가 많고 짊어져야 할 책임감이 큰 법이니 명상하는 것을 필수로 생각한다. 마음을 차분히 다스렸을 때 급변하는 사회에서 마음의 중심을 지킬 수 있기 때문이다. 합리적인 감정조절을 통해 부정적인 감정이나 미래에 대한 불안을 떨쳐낼 수 있다. 무엇에 더 집중해야 하는지 판단할 수 있게 됨으로써 일의 능률도 는다. 실제로 명상은 경제적 성공을 이룬 사람들의 가장 중요한 습관이다. 애플 창업자 스티브 잡스는 생전에 명상 마니아로 널리 알

려져 있는데, 그의 지인은 그를 보고 다음과 같은 말을 남겼다. "스티브 잡스의 창의력과 통찰력의 배경은 최신의 마케팅 이론이나 첨단 기술이 아닌 명상이다."

# 지쳤을 때
## 반드시 해야 하는 것

**· 1. 잘 쉬어야 한다.**

많은 직장인들이 만성 피로에 시달린다. 몸은 피곤한데 오롯이 쉬지 못했기 때문이다. 놀지 못한 마음에 못내 아쉬워, 가만히 누워 휴대폰이라도 보고 있기 때문이다. 일을 하지 않았기 때문에 에너지를 충전 중이라 생각할 수 있지만, 그 순간에도 피로는 누적되고 있다. 그래서 열심히 사는 것도 중요하지만 잘 쉬어 갈 줄 알아야 한다. 지쳤다는 건 에너지가 방전되었다는 의미다. 아무리 심심한 하루라 할지라도 아무것도 하지 말아야 한다. 오롯이 충전을 위한 충전의 시간을 가져야 한다.

물론 쉬지 못해 억울한 마음이 들 수 있다. 그럴 때 다음과 같은 가이드라인을 제시한다. 이를테면 "비록 평일은 일만 했지만, 주말은 반드시 재밌게 놀아주겠어." 같은 다짐을 하면서, 마음을 잘 달래주어라. 후일 달콤한 자유시간을 줄 것을 스스로에게 약속해라. 고생하고 인내한 대가가 어마어마하다고 스스로를 납득시켜라. 이처럼 '쉼'과 '놂'을 분리하는 것. 마인드 컨트롤을 하면서 방전된 몸을 충전하길 추천한다.

### · 2. 초심을 다잡아라.

지쳤을 때에는 이것저것 잡생각에 빠져들 수밖에 없다. "지금 하는 일이 나에게 적합한가?" 같이 막연하게 스스로를 돌아보게 된다. 피곤한 상태에서 생각이 확신을 잡아먹고, 부정적인 상태에서 불가능이란 단어를 곧잘 떠올리니 어쩔 수 없다. 하지만 그렇다고 해서 가만있으면 인생을 역전시킬 수 없다. 이러한 상황에선 초심을 다잡으며 특별한 조치가 필요하다.

이를테면 다양한 업무에 치여 잘하고 있는지 모를 때, 그간의 성과를 돌아봐라. 인생이 우상향을 그리고 있음을 재확인해라. "능력 이상의 일을 무리하게 해내고 있구나" 안심하면서 이보다 더한 시련도 이겨낼 수 있다는 확신을 가지게 된다. 그렇게 초심을 열심히 다잡으면서 자기확신을 찾아가는 것을 추천한다.

### · 3. 때로 정신승리도 필요하다.

정신일도 하사불성. 정신을 한 곳에 모으면 어떤 일이라도 못할 일이 없다. 하지만 몸과 마음이 지쳤을 때는 집중력이 극도로 떨어진다. 정상적인 방법으로는 자기확신을 가지기 어렵다는 뜻이다. 그런 때일수록 우리는 다소 편법이지만 스스로를 속이는 태도가 필요하다. 이를테면 그런 것. "고통? 오히려 좋아. 시련? 한 번 가보자고! 꽃길? 가시밭길도 꽃길이야. 뭐 어때." 같은 말로 내재된 정신력을 끌어낸다. 위기상황에서만 나오는 잠재된 힘을 끌어내면서, 당면해 있는 힘든 문제들을 보다 유연하게 해결할 수 있

다. 흐트러진 정신력을 바로잡고, 효율적인 선택을 할 수
있다.

# 일차원적 쾌락만 금해도
## 사람 구실한다

하루는 모르는 사람으로부터 인스타그램 메시지가 날라 왔다. "31살, 이렇게 사는 게 한심한가요?" 라는 내용과 함께 메시지창이 떴다. 왜 그렇게 생각하는지 궁금하기도 하고, 한가로운 주말이라 시간도 많아 남아서 메시지를 수락해보기로 했다.

그는 이렇게 말했다. "31살 이렇게 사는 게 한심한가요? 백수라서 집에만 있고요. 그냥 컴퓨터 하면서 하루 종일 있는 게 전부인 인생입니다. 주변 사람들 보면 모두 행복하게 잘 지내는 것 같은데, 나만 왜 이러고 있나 우울하네요. 부모님 형제 모두 저에게 어디든 취업하라고 걱정 섞인 조언을 해줍니다. 하지만 그게 어디 말처럼 쉽게 되나요. 오랜 시간 이 생활을 반복하니 뭔가를 할 자신도 없고요. 이러다 죽는 게 편하지 않을까 그런 생각도 합니다. 저는 앞으로 어떻게 사는 게 좋죠. (바쁘신데 죄송합니다. 부담스러우면 답 안 하셔도 됩니다.)"

글을 읽으면서 한참을 생각했다. '나에게 왜 이런 고민을 털어놓는 거지? 고민상담해줄 위치에 있는 사람이 아닌데..' 혹은 '이 사람에게 무슨 말을 해주지.. 괜히 내 인생이야기를 했다가 위화감만 줄 것 같은데 어쩌지?' 수많은 생각이 스쳐 지나갔다. 결국에 어떤 답장도 하지 않는 선택을 했다. 딱히 준비된 말도 없었고, 누군가에게 메시지를 전할 위치에 있지 않았다 판단했기 때문이다.

하지만 시간이 흘러 조금 다른 생각을 하게 되었다. <여전할 것인가 역전할 것인가>라는 주제로 출간제의를 받고, 원고를 작업하는 과정에서 비로소 준비가 되었다 판단했기 때문이다. 그래서 이 책이 출간되면 메시지를 보낸

그에게 책과 함께 응원 섞인 말을 해줄 예정이다.

### • 이유가 뭐가 되었든 자신을 통째로 바꿔라.

'자신감이 없어서', '취업에 여러 번 좌절한 경험 때문에' 무의미한 삶이 점철되는 이유는 다양했을 것이다. 혼자 힘으론 해결할 수 없을 정도의 문제에 봉착했기 때문이다. 해결하려 애쓸수록 실패의 늪에 빠져 회의감을 느꼈기 때문이다.

그런 이들에게 나는 충고한다. 여러 문제상황은 다 제쳐 놔라. 뭐가 되었든 자신을 통째로 바꾸는 것에만 집중해라. 상황이야 어찌 되었든 우선 벗어나는 게 우선이다. 일종의 쇄신을 하라는 뜻이다. 마치 초심자의 태도로 내 삶을 하나부터 열까지 바꿔야 한다.

그러기 위해서 익숙한 태도가 뿌리내린, 기존 생활양식부터 바꿔야 한다. 야밤에 배가 고프니 냉장고를 뒤적거리고, 잠이 안 온다고 밤늦게 게임을 하고, 현실이 두려워 집 안에서만 맴도는 태도들을 싹 고쳐야 한다. 욕구에서 욕구로 쉽게 얻어지는 '악의 고리'부터 끊어내야 한다. 야밤에

인생은 아름다워

배가 고프더라도 꾹 참아라. 잠이 안 오면 운동을 해서라도 스스로를 재워라. 뭐부터 해야 될지 모를 때 서점이라도 가라. 그렇게 기존과 다른 행동을 새로 주입해야 한다.

이에 대해 보다 구체적으로 이야기하면 다음과 같다.

### · 수면욕 절제

밤낮 구분하지 않고 자는 습관을 고쳐라. 남들 깨 있을 때 똑같이 깨 있고, 잘 시간에는 아무것도 하지 않고 제발 자라. 수면패턴을 완전히 뜯어고치면서 규칙적인 생활을 습관화 하는 것이다. 그렇게 활동과 비활동적 시간을 철저하게 구분해라. 열심히 살아갈 환경을 만들어라.

### · 식욕 절제

늦은 밤에 배고프다고 냉장고 뒤적거리지 마라. 가뜩이나 활동량도 적은 시간에 배부터 채우고 보니, 몸은 갈수록 비대해지고 하루내내 소화불량에 시달리고 있다. 이러한 식습관은 건강에도 좋지 않을뿐더러, 의기소침한 상태로 흔히 '히키코모리' 생활을 하게 만든다. 수면욕과 마찬가지로 기존에 '시도 때도 없이 먹는 습관'을 통째로 버려라. 규칙적인 식습관으로 스스로를 통제해라.

### · 나태욕 절제

식욕과 수면욕을 절제해도 '할 일'이 없으면 도로 무의미한 삶으로 돌아간다. 그런 의미에서 나태욕을 절제하는데 가장 많은 에너지를 써야 한다. 첫 번째 생산적인 일을 찾아라. 무엇이든 상관없다. 뜬눈으로 아침 운동을 다녀오든, 도서관에서 책을 읽든 '의미를 남기는' 행동을 해라. 이 과정에서 주체적으로 행동하는 자신을 체험할 것이다. 무엇보다 살아있음을 느끼는 계기가 될 것이다. 두 번째 열심히 사는 사람들을 많이 모이는 곳에 가라. 이를테면 빌딩숲에 바삐 출근 중인 사람들을 보면서 강한 자극을 느껴라. "나와는 다른 삶을 사는구나. 저렇게 해야 성공할 수 있구나." 처음에는 불편할 수 있다. 하지만 그 불편한 감정이 곧 동기부여가 된다. "이렇게 있어서는 안 되는구나."하며 위기의식을 느낄 수 있다. 이는 나태욕을 완전히 단절할 계기가 된다.

이처럼 변화의 시작은 기존의 태도를 버리고, 새로운 삶을 구축할 때 일어난다. 결국에 태도가 전부이고 습관이 인생을 만들게 한다. 이처럼 특단의 조치는 기존의 삶에 익숙한 당신에게 필수다. 물론 시행착오야 있겠지만 두려워하지 말아야 한다. 기존의 습관에서 수백 번 기존의 삶을 지우는 태도가 필요하다.

이대로 좌절에 갇혀 살지 않기 위해서, 부정적인 감정에 사로잡히지 않기 위해서, 선택은 당신에게 달려 있다. 어떻게 살 것인가. 한 번 생각해볼 계기가 되었으면 한다.

# 성인이 되고 느낀 사실

### • 1. 아파도 돈 벌러 가야 한다.

업이 생겼다는 의미는 그 일에 책임감을 부여했다는 뜻
이다. 사업체를 운영하는 사람이라면 매출을 꾸준히 올리
거나 유지해야 할 의무가 있다. 직장을 다니는 사람이라면
맡은 업무를 성실히 해내야 할 의무가 있다. 몸이 안 좋아
컨디션이 좋지 않더라도 두 손 두 발 움직일 수 있다면 어
김없이 일터로 나가야 한다. 오늘 할 일을 다 끝낸 채로 자
신의 몸을 돌봐야 한다. 아프다고 해서 그 누구도 일을 대

신 해주지 않기 때문이다. 그래서 성인은 다른 의미로 '짊어짐'이다. 단순히 나이만 먹었다고 해서 성인이 되는 게 아니라, 나잇값을 매순간 해냈을 때 성인의 지위를 유지할 수 있다.

### • 2. 일하는 것보다 직장 내 인간관계가 더 어렵다.

혼자 일할 때는 몰랐다. 단순히 성과를 내고 일에 대한 이해도가 높으면 된다 생각했다. 하지만 함께 일하는 동료가 생기거나, 월급을 주는 직원이 생겼을 때 많은 것을 감당해야 했다. 업무를 분담하는 일부터, 수습기간 동안 일을 제대로 하는지 체크하는 것. 만족스럽지 못한 업무 역량에 대해 이런저런 쓴소리를 해야 되는 것까지 제대로 신경 써야 한다. 설령 부하직원이라도 대하는 태도를 올바르게 갖춰야 한다. 그의 업무 효율이 제대로 오를 수 있도록 때로 용기를 북돋아줄 줄도 알아야 한다. 그 뿐만이 아니다. 직원 간에 다툼이 발생했을 때, 이를 중재하는 능력도 갖춰야 한다. 혼자 일했을 때는 이것저것 따질 필요 없었는데, 여러 가지 신경 써야 할 점들이 많다.

### • 3. 어릴 때만큼 자유로운 때는 없었다.

쉴 때도 괜히 불안하다. 내가 잘하고 있는 건지 가끔 깊은 고민에 빠질 때가 있다. 할 수 있다고 생각해도 "할 수 있을까?" 의문이 드는 게 당연하다. 잘되도록 노력하고 있으니까. 나약한 사람의 마음으로 자연스러운 심리다. 망하지 않고 계속 돈을 벌 수 있다고 생각하지만, "시장의 판이 완전히 뒤집히면 어쩌지?" 불특정한 변수에 대해 두려운 감정을 느끼는 건 어쩔 수 없다. 열심히 일하는 것과 별개로 시장이라는 큰 구조 속에 나는 그저 개인에 불과하기 때문이다.

그래서 어릴 때만큼 자유로운 때가 없었다고 생각하게 된다. 용돈 받아서 생활하고, 학교라는 울타리 안에서 한 가지 목표만을 향해 달리기만 하면 되기 때문이다. 여러 복잡한 생각을 할 필요 없었다. 하지만 직접 일을 해서 돈을 벌어보니 어쩔 수 없이 여러 고민에 빠져든다. 좋은 성과를 내도 성취감에 취해 있을 수 없다. 성인이 되어버린 요즘, 다 내려놓고 도망부터 치고 싶다. 어딘가 멀리 떠나 자연인처럼 살고 싶다. 그럼에도 불구하고 현실 속을 살아

인생은 아름다워

야 한다는 사실은 잊지 않으려 애쓰고 있다. 성인이기 때문이다. 성인은 '짊어짐'이기 때문이다.

## 잘 놀 줄 아는 사람이
## 일도 잘하는
## '필연적인 이유'

### • 1. 노는 것은 낭비가 아니다.

우리는 어릴 때부터 노는 것은 그저 낭비라 배워왔다. 즉흥적으로 떠나는 여행. 할 일을 내려 두고 가만히 멍 때리는 시간. 친구를 만나 회포를 푸는 것. 이 모든 것들을 쓸모 없다고 취급해왔다. 하지만 노는 것을 결코 낭비라 치부할 수 없다. 어딘가 열정을 불태웠다면 배터리 충전하듯 잠시 쉬어 가는 시간도 있어야 한다. 인생은 100m달리기가 아니라 마라톤이다. 폭주 끝에 몸이 고장난다면 아무 소용없기 때문에 잠시 쉬어 갈 필요성도 있다.

### • 2. 결국에 행복해지는 선택을 해라.

일에 지나치게 빠져 살지 마라. 그렇다고 인생을 즐기는 것에 치중하지 마라. 어디 하나에 극단적으로 쏠리지 않은 균형 잡힌 선택을 할 줄 알아야 한다. 단순히 일에 미쳐 산다면 행복하지 않은 일기계가 될 뿐이다. 고장 난 기계 부속품처럼 소리소문 없이 사라지고 만다. 일에 빠져 사는 것도 중요하지만 지나치게 매몰되면 안 된다. 반면 어떻게 하든 편하게 일하려 요령을 피워서도 안 된다. 노동을 해야 인생을 즐길 자격이 비로소 주어지기 때문이다. 그래서 당신이 어떤 선택을 하든 (워커홀릭이든 욜로든) 그 균형을 유지할 줄 알아야 한다. 결국에 내가 행복해지기 위한 선택을 해라.

### • 3. 기왕이면 '인생'에 미쳐 살아라.

"인생은 미쳐야 비로소 본선에 진출할 수 있다." 뭐든 하나에 미쳐 지내는 것이 나의 인생 모토이다. 그래서 항상 무언가를 하기 위해 열심히 움직인다. 목표를 이루기 위해 16시간 일에 빠져 있고, 어떻게 하면 잘할 수 있을까 꿈에서도 생각할 때도 있다. 반면 목표를 이룬 뒤에는 성취감에 취해 세상에서 제일 잘 노는 사람처럼 살기도 한다. 여행을 가서 그 누구보다 많이 웃고, 되도록 많은 것을 즐기고 온다. 일이나 유흥에 국한된 것이 아니라, 그냥 인생에 미쳐 사는 것. 그렇게 살아야 오래 일할 수 있고 늙지 않고 오래 행복할 수 있다는 것을 알기 때문이다.

그래서 나는 꼭 생산적인 일을 하지 않더라도, 하고 싶은 일이 생기면 200% 이상 몰입하라고 충고한다. 그 분야에서 최고로 미친 사람이 되었을 때 누구든 인정해준다. 스스로도 잘 살고 있다고 뿌듯하게 여길 수 있다. 어떤 모습으로 살아가든 후회 없는 선택을 하길 바란다.

인생은 아름다워

# 상위 0.1% 부자들이
## 절대 지갑을 열지 않는
## 5가지

**· 1. 무조건 비싼 집을 고집하지 않는다.**

부자들은 말 그대로 돈이 많은 사람들이다. 가진 돈으로 얼마든지 비싼 집을 살 수 있으니, 부자들은 '가격만' 고급스러운 집에는 큰 매력을 느끼지 못한다. 그래서 부자들은 집을 살 때 다음과 같은 조건을 따진다. 주변 경치가 얼마나 아름다운지, 주변 이웃이 어떤 가치관을 갖고 살아가는지, 이 집이 나에게 어떤 의미를 주는지 같은 인생과 직결된 조건들을 본다. 그러니까 "이런 집에서 사는 나는 대단한 사람이야."라고 허세를 부리는 것이 아니라, "이런 집에 사는 나는 행복한 사람이야."라며 만족스러운 삶을 사는 것이다.

### • 2. 최신제품에 목숨 걸지 않는다.

평범한 사람들은 오래된 제품이 잘 작동되고 있음에도, 최신제품으로 바꿀 것을 고집한다. 좀 더 부유해 보이고 싶고 유행을 따라가고 싶다는 이유로, 아무 의미 없이 돈을 쓰는 것이다. 하지만 부자들은 그렇게 하지 않는다. 자신의 라이프스타일에 도움을 주는 제품이라면 몇 년 씩 사용한다. 고장이 나지 않는 한 바꿀 이유가 없다. 신기종과 비교했을 때 기능에서 별다른 차이가 없다고 느껴지면, 더더욱 '익숙한 제품'에 의미를 두는 것이다.

### • 3. TV나 오락기기를 멀리한다.

대부분의 사람들이 고소득층이나 부자일수록 더 많은 전자기기나 오락기기를 보유하고 있을 거라 예상한다. 그만큼 부유한 사람들이니 인생을 누리는 폭이 넓을 거라고,

그들만의 생각으로 유추해보는 것이다. 하지만 실제로 그렇지 않다. 부자의 대부분은 TV 시청을 하지 않는다. 대신 책을 읽거나 다른 성공한 사람들과 소통함으로써, 세상과 대화하는 창구를 마련한다. 넋 놓고 기기 화면 속에 빠져드는 것을 극악처럼 여기는 것이다. 이처럼 부자들은 자유와 자율의 의미를 구분한다. 아무리 돈이 많아도 자신에게 해를 끼치는 행위는 절제함으로써, 부유한 삶에 대한 책임감을 부여한다.

### • 4. 정크푸드를 섭취하지 않는다.

부자들은 흔히 평범한 재료를 통해 만들어진 음식을 먹는다. 자극적이지 않으면서 몸에 알맞게 영양소를 제공하는 음식들을 추구하는 것이다. 그들은 짜고 매운 음식이 주는 일차적인 쾌락을 멀리한다. 식습관이 곧 생활 전반에 영향을 준다는 것을 너무나도 잘 알기 때문이다. 쉽게 얻어지는 행복에 길들여졌을 때 몸은 비대해지고 게을러진 마음으로 살아간다면, 금세 라이프스타일이 망가지게 된다. 그래서 부자들은 건강에 이로운 음식을 먹는다. 자극적이지 않으면서 상품적으로 지나치게 홍보가 되지 않는, 자연 그대로의 음식을 먹길 선호한다.

### • 5. 사람이 많은 곳으로 여행가지 않는다.

부자들에게 휴식이란 돈을 펑펑 쓰는 성대한 파티가 아니다. 재충전의 목적으로 소박하지만 자신만의 특별한 시간을 보내는 것이다. 그래서 부자들은 구태여 사람이 북적거리는 곳으로 여행을 가지 않는다. 한적한 해변 산책로를 걷고, 아름다운 광경을 보며 사색에 빠지거나, 캐주얼한 분위기 속에서 식사나 티타임을 가지며 만족스러운 시간을 보낸다. 오로지 휴식을 위한 휴식을 보내면서 일상에서 받은 스트레스를 푸는 데 집중한다. 잠시 머리를 비우고 두뇌의 긴장을 이완시킴으로써, 인생 전반에 대한 통찰 시간을 갖기도 한다. 이 같은 재충전의 목적으로 되도록 사람이 없으며, 자연의 아름다운 소리와 편안한 분위기를 제공해줄 수 있는 곳을 여행지로 선호한다.

인생은 아름다워

## 에필로그

　이 책을 읽은 당신에게 묻는다. 여전히 인생을 후회하면서 살 것인가. 아니면 조금 달라진 태도로 세상을 거침없이 살아가볼 것인가. '간절한 사람이 목표를 이룬다', '부자가 되고 싶어요? 그렇다면 워라밸부터 갖다 버리세요' 같은 말을 수십 번 강조한다고 한들, 실천하지 않으면 아무 소용없다. 현실에 부딪히며 치열하고, 또 치열하게 살아가는 사람만이 원하는 삶을 이뤄낼 수 있기 때문이다. 어떤 좋은 말보다 당신에게 필요한 것은 바로 실천이다.

이 책을 다 읽었으면 당신이 가장 먼저 가져야 할 태도는 바로 이것이다. 어떠한 감상에도 빠져 있지 않는 것. 그리고 성공을 위해 자리를 박차고 일어서야 한다. "성공할 수 있을까?" 불확실함이 가득한 상태에서 지푸라기 잡듯 이 책을 집어 들었을 것이다. 이 책을 통해 마음의 용기를 얻었을지도 모른다. 하지만 그것으론 부족하다. 뜻을 펼치기 위해 무엇이라도 해야 한다. 실질적인 노력 없이는 그 어떤 말도 말뿐인 구호에 불과하다. 결과물을 통해 스스로를 증명해야만 진정한 승자가 될 수 있다.

그런 의미에서 당신에게 다시 한번 용기의 메시지를 보낸다. 아무것도 없이 시작한 나도 해냈다. 중간에 학교도 때려치우고, 무작정 세상에 부딪히며 외길을 걸은 나도 성공했다. 이보다 환경도 좋고 역량도 충분한 당신이라고 못할 이유는 없다. 누구나 충분히 잘해낼 가능성이 있으니, 이 책을 인생의 터닝포인트로 삼았으면 좋겠다. 두려움을 이겨내고 용기를 가져라. 이 세상에 불가능이란 없다.

해보고 싶은 일이 있다면 그 일에 목숨을 바친다는 생각으로 10년 정도 일해봐라. 무수한 시련 끝에 찬란한 성공 길이 열릴 것이다. 이 말도 밝은 미래의 언젠가 스스로 할 수 있었으면 좋겠다. 치열하게 하루하루를 살아내면서, 원하는 삶을 반드시 쟁취했으면 좋겠다. 현재의 삶에 만족하냐는 물음에 나처럼 어김없이 "그렇다."라고 대답할 수 있는 당신이 되길 바란다. 당신이나 나나 보다 행복한 인생 속을 살아갈 수 있기를 바란다.

여전할 것인가 역전할 것인가

초판 1쇄 • 2022년 3월 21일

지은이 • 도준구
기획 • 하이스트
디자인 • 스튜디오 초월
펴낸곳 • 도서출판 하이스트
출판등록 • 2021년 5월 31일 제 2021-000019호
이메일 • highest@highestbooks.com
홈페이지 • highestbooks.com

ISBN • 979-11-976476-3-5